一見如故
卻與你
人間[illegible]擾

黃山料
王昊齊

suncolor
三采文化

爆裂之火焰・炫・
阿特雷揚・六芒星！

目錄

讀者，你好，我是黃山料。
這本書，由我，及另一位已經自殺的同學，共同寫下。

真實故事改編

序章／

我有一個
總是獨來獨往的同學自殺了

獨來獨往的人
心中有一片海
心裡裝著重要的人

選擇孤獨
是不想強求
不願違心合群

不被理解亦無所謂
至少內心通透清明

我有一個獨來獨往的同學，他在二十五歲那年，自殺了。
最後一次和他聊天，他說了一段令人頭皮發麻的話……

「我常常想，如果突然台北松山機場一架飛機摔下來，砸在市中心，正好把煩人的鄰居、討厭的同事、惡質的老闆、曾經詆毀我的人……把他們全炸毀。」

「呵，那該有多好？」
他光是想著，就低頭竊竊發笑……

我發現，他的眼睛在笑。
臥蠶上，那三顆圍成三角形的痣，笑得很開心。

原來這些黑暗的念頭……
似乎能讓他放棄也無所謂的人生，迎來短暫的陽光。

但是，當他回過神來，發現他仍然活在現實世界時⋯⋯
眼前白天，再燦爛的陽光，都會瞬間變成黑夜。

好，我就順著你的話題問：「這樣，你也會死吧？」
「喔。對，對，然後我也會被炸死。這樣我就能去找他了。」
「找誰？」我問。

你說：「我已經七年沒見到他了。」

嗯，我才發現，原來又是「他」。
我知道，這是你藏在心裡，十多年的祕密⋯⋯

你的手機響起。
不是別人打給你，而是吃藥的時間到了。

轉開背包裡的藥罐，據說吃了能讓你不那麼抑鬱，你說你不曾覺得有效。每次服藥，你都心想著——對不起，我自己。

「我已經很努力，在社會常規的運行，與自己的詭異間，盡可能找尋平衡，卻還是走到這一刻……成了一個心裡生病的人。」

「你是一個高度敏感的人，我知道。」

二十五歲這年，在台北的你，無限循環著「上班，下班」，你習慣隱身於人群裡，每天標準配備：抗噪耳機、口罩、鴨舌帽、再套上黑色連帽外套。層層防護。你是一個渾身黑色的人。

你說，路上行人的對話，半徑五公尺每一條句子，會全數傳進你耳裡。我問：「好久沒見……這些年，你怎麼在社會倖存的？」

「我的生活禁止色彩繽紛之物，彩虹符號令我刺眼難受，因此生活空間必須嚴格要求色調一致。服裝只有黑白，沒有例外。」

「更難搞的是，我進餐廳只坐最角落座位；如果坐在熱鬧的小飯館用餐，通常人們是補充能量，我卻越吃越消耗體力，我吃下的不是飯，而是難以下嚥的吵雜能量場。逛夜市也令我抓狂。每當社交量過多，會頭昏眼花，必須昏睡三天才能重回正常生活。」

「與人們相處，令我耗盡能量。

於是，除了工作賺錢之外，我拒絕跟人們接觸。」

「別人常常跟我說：你這麼難搞一定沒有朋友吧。

我就想，哦，呵呵，當然沒有啊。我很樂意你開嗆，但這些話我聽膩了。麻煩你，小腦袋動起來，說些我沒聽過的句子。」

你沉浸在自己黑暗的世界裡，一直說一直說……

我好不容易插了一個你話語間的停頓之處說：

「特殊的人總是孤獨的，那正是天賦被開啟的代價。」

我以為我可以用這句話，多少鼓舞你一些。

我再說：「你敏銳、細膩，你不是也喜歡寫文章嗎？」

「喔，只有你這樣說。以多數人的資質無法理解我，真是抱歉，他們連羨慕我的資格都沒有呢。真是辛苦了，好好加油吧。」

你手裡擺弄著脖子上掛的員工證，寫著你的名字

——**王昊齊**

我叫他小齊。

多數人活著
是花了大量努力
只為賺少少的錢
來維持一套
平庸無比的人生

他自殺那天，我基於想關心他，所以問他有沒有臉書：「小齊，我想加你好友」，我卻發現他臉書帳號裡，只有一個好友，就是那位，已經離開、消失無蹤、沒人聯繫得上的，那個「他」。

小齊的貼文寫著……

「多數人從學生蛻變成社會人士的過程，不過是從名為學校的囚牢，換到名為公司的牢籠。都是監獄，被現實奴役，無人自由。」

「現實生活已夠疲憊，與其再花力氣回應表淺的社交，不如一個人待著，高品質的獨處，遠勝於一百個虛情假意的問候。」

「與其花時間琢磨我，不如花時間琢磨工作。」

「跟同事套交情是弱者的行為，上一個以為跟我套交情是捷徑的人，我帶他去了一趟地獄。他只撐了三天就離職了。」

「請聽清楚以下三點：下班不用跟我說再見，在電梯裡遇見也不必跟我打招呼，禁止在我面前提起跟工作無關的事。跟我打好關係沒有好處。理解？」

「我喜歡黑色。一位同事給我一盒小熊餅乾，說是新出的黑色款，他認為我會喜歡。我確實收下了，但我立刻在他面前，拆開，把餅乾全倒進垃圾桶。我告訴他：餅乾是深咖啡色，不是黑色。請你搞清楚。」

我問：「小齊，你跟同事們無法成為朋友嗎？」

小齊說：「昨天呢，老闆的桌上有一份『連署名單』，簽名的全是想要我滾的同事。連署主題是『希望王昊齊離職』」

完蛋了，我接話接不下去了……我趕快轉移話題……

「你剛剛說七年沒見到他了？你……還好嗎？」

「不好。我覺得他離開之後，我變得不完整了。除了他以外，沒有人可以走進我的心裡。我試過了，包括現在跟你說心事，也是我的嘗試，但世界上沒有任何人可以取代他在我心裡的位置。」

我大致可以明白，長大以後的那份孤獨感……是即使被人群圍繞，孤獨感也依然會存在。

你說：

「他是我最好的朋友。」

「是家人。」

「他是唯一能讓我袒露一切的人。」

「我再也找不到另一個，能替代他在我生命裡重量的人。」

關於你眼中
那孤獨的我

我所奉行的
是基於互相尊重
而呈現的個人主義
你別犯我
我不管你

與人相處
我要求自己
進行無言之修行

我那位自殺的同學。他真的比較與眾不同。

他是比較陰柔的男生，性情低調，不愛說話，斯文且很神祕。

他叫小齊。他的安靜，是那種，每當跟人有爭執，他不會正面衝突，他只會躲起來，拿起手機，在個人社群上謾罵，發洩情緒。

你們聽過「高敏感族群」嗎？

高敏感族群指的是**「對內在刺激、環境刺激等，比多數人更敏感，容易被情緒淹沒的一群人。」**因為他們的大腦在處理感官資訊時，特別敏銳。

又或是這樣稱呼他們吧：「共感人」。

比高敏感者更少數的一群人，他們的身體不只敏感，而是能「**真切感知、體會到他人的情緒、能量與症狀**」。他們不像多數普通人，通常能過濾掉那些與自身無關的信號。

他們長大過程，不被理解，被認為是難搞的人、不合群、特立獨行。被貼上負面標籤。多數共感人，在成長過程壓抑了「過敏」的那塊，忽視自身感受，強迫自己變得「正常」。

另一些人，抑制不了自己的「情緒過敏」……因此瘋了，病了，精神出問題。或死了。

我回想著，你自殺的那天，曾跟我說過的話：

「多虧有他，我才活到現在。」

說完，你停格了許久。像是深陷過往回憶。

「小齊，你繼續說，我在聽。」

「小齊……」

我喊了你好多聲。

你才突然回過神來……

「王啟皓」

「王啟皓」

「他叫王啟皓，你記得他嗎？你曾經陪我一起找過他。」

聽到這個名字，我知道我必須嚴肅看待。

我很小心的問：**「你會想念他嗎？」**

「嗯。」

你突然說不出話，眼眶濕透了。

是不是……要是再多說一句話，淚水會潰堤。

「有點想念啊……我已經七年沒有見到他了。」

你的語氣，像是過往回憶正如湧泉般塞進腦門。

「如果他還在，他會懂我的一切。我說破嘴，別人也不願理解的一切，對王啟皓而言，我一字不說，他都能理解。他懂我，懂到靈魂深處的那種。」

我問：「你有想過，為什麼他就這樣離開了嗎？」

你拳頭緊握，抓緊衣角……

你說：「不知道。十八歲那次意外，我不是出事然後昏迷了嗎？你記得吧？醒來之後，他就離開了。他為什麼不告而別？」

你說王啟皓的即時通停用了。無名小站也停更。臉書的發文日期也停在你十八歲出事的那天。

light_me_up_0612@yahoo.com.tw

王啟皓（HowHow Wang）

wretch/howhow0612

這些是他的帳號、暱稱和網域，你說你都還記得。

你眼角有淚，但嘴角在笑。
好詭異的氣氛。

小齊突然酣暢淋漓的笑了，收起眼淚，你翹著腳，抖著腳說：
「原來我這個人還有眼淚啊……」
小齊陰陽怪氣的把話小聲說在嘴邊，你從小就喜歡自言自語。
你接著把連帽外套的帽子戴了起來。

我問：「你還好嗎？」
「沒事，就想起小時候跟王啟皓一起幹過的壞事……哈哈哈。」

小齊看了一眼牆上時鐘，嘴裡哼著歌……
站了起來，緩緩走向門口，看著我，你猛然瞪大眼睛：
「記得嗎？七年前，我曾經放火燒了那三個人。」

我沒有回話，我記得……

我記得小齊說的這件事，可是……

你關上門，走了。

我呆坐原地，想著你到底在想什麼？

以及這一切，究竟是怎麼回事？

我拒絕一切無效社交
因為世界是我自己的
與他人毫無關係

如果哪天
我不想活了
也許是不屑和你
呼吸同一個世界的空氣

我那位自殺的同學，他說他無父無母，且唯一的好朋友也離開他了。他說他孤身一人。確實，我印象中的他，總是獨來獨往。

他叫小齊。那天跟他聊完後，晚上我收到他傳來的簡訊：「21:00 來我家」後面是一行地址。於是夜裡，我去了他家……

是一間在台北萬華的老舊小套房，一房一廳。

門沒鎖，我喊著他的名字，一邊走進他家。

奉行極簡主義的他，一張桌子，一張椅子，兩盞燈，房內幾乎沒有傢俱。淺灰色水泥質地油漆，把牆壁漆得像毛胚屋的質感。屋內很詭異，整潔到完全沒有生活感，卻是充滿態度的空間。

我看到桌上有一大疊文件。

文件的第一頁有段話：

「從很早以前，我們就只剩下彼此了。
在人群裡孤獨的我，和獨來獨往的你，
我們相識而結合成生命共同體，
我們之間，少了誰，生命都不再有意義。」

旁邊一封信。

寫了我的名字。你寫給我的信？

「這七年的時間，我把我和王啟皓的故事，寫了下來。終於寫完了，如今，我已經沒有其他事想做了，所以我可以安心走了。希望你幫我把這本書出版，讓它被留在這個世界。」

遺書？糟了。

走到房間，發現小齊自殺了，我立刻叫了救護車，並跟著電話裡救護人員的指示，對著倒在地上的你，進行壓胸。電話裡的救護人員說，我的按壓，就是代替著你的心臟，千萬不能停下來……

直到救護車把人載走。

而關於小齊和王啟皓的故事……

隨著那份小齊希望遺留人世的原稿，

我開始翻閱……

「那年，我們無話不談；
那年，你有最陽光燦爛的笑臉；
那年，你總抬起左臂，摟著我的肩；
那年，你點亮了我死了也無所謂的青春歲月；
那年，我們親如兄弟般，肩並肩；
那年，我好想回到那年。」

王啟皓，我能再見到你嗎？

……

隨著你寫下的故事，
我走進了，你和他，那些年的冒險……。
故事，必須從頭說起。

第一章

人間孤獨，
卻與你一見如故。

有些人，打從初見
就熟到像上輩子早已認識了一樣

我是小齊，今年十七歲。再過四天就要十八歲了。
我不知道我什麼時候才會「變聲」？
所謂「男生的聲音」究竟要怎麼發出來？
才會被當作一個「正常人」？

我的頭髮被扯了一下，你笑著對我說：
「又沒關係，你就是你啊，你聲音這樣也很可愛啊。」
我有唯一一個好朋友，他跟我同一天生日，他是王啟皓。
學校解了髮禁之後，我沒有像多數同學那樣，把頭髮染成五顏六色，我只是把頭髮留長了一點，能蓋住半截脖子的長度。
喔，它還有點自然捲。

我大力揉了王啟皓的平頭：「別以為你頭髮短，我就攻擊不了你喔！」哈哈哈，我們在學校舊圖書館嬉鬧著。

王啟皓看起來總是酷酷的，冰冰的，與人們都保持距離。
說真的，我還真沒看過他跟我以外的人說話過。

我們都一樣，不喜歡接觸人群；
你是我唯一的「最重要的人」。

高中即將畢業了，我心裡經常焦慮著……
不是焦慮大學、就業、生計。我擔心的，是我們的未來。
離開學校以後，我們此刻美好的關係還會存續下去嗎？

你的肩膀，緊緊靠著我的肩。
明明春末夏初，天氣漸暖，我們卻還是靠得那麼近。
這代表著什麼呢？我心裡有底，但我只想要你親口說出來。

「我們是什麼關係？」我問王啟皓。

問這個問題意義是什麼？

也許是，從小對於情感有分離焦慮的我……

總想確認身邊重要的人，他們是不是也一樣把我看得重要？

我抬頭看向你。我們的距離，近得我能看見你的根根分明的睫毛，還有眼角上，那三顆痣。

我們有一樣的痣。

我在右眼角處，有三顆剛好圍成三角形，淡淡的痣。

王啟皓是左眼角處，有三顆也圍成同樣三角形，淡淡的痣。

我特別喜歡那三顆痣，那代表著呢……

「世上有許多不同類型的人，而我和王啟皓，是相同品種，同樣孤傲，同樣無法融入人群的那種。」

人們活著，得承受無數誤解、遭罪，
而幸好我們擁有彼此，能互相理解。
只要有彼此，外面的紛紛擾擾，都不重要了。

不知何故，每次凝視著你的眼睛，我就覺得很安心，
也許那相同的三顆痣，就是相同品種的象徵？

「那是上輩子的約定啊。」王啟皓說。

我問：「約定什麼？」

你說：「約好這輩子，我們要找到對方啊。」

我驚呼：「對耶，不然我們怎麼會從一見面，明明剛認識，卻像認識了一輩子一樣的熟悉？世界上那麼多人擦肩而過，我們卻可以一眼瞬間就認定彼此……」

代表著，世界上有個人，和我非親非故，
卻和我這麼契合、如家人般。

「我們是什麼關係？」我問。

如此這般，比朋友再多一點點、比家人再深刻一點點、比戀人再雋永一點點……那麼，如此的我們，是什麼關係？

王啟皓一派輕鬆的笑著，說了一句耐人尋味的**「不知道」**。

總有那一個人
你第一眼就知道
只要能和他在一起
其他什麼，都不重要了

長相帥氣的男人呢，總是愛說「不知道」。你喜歡我嗎？不知道。你愛我嗎？不知道。只要是切入核心的問題，一律不知道。

我也是男生，但我的聲音還沒變成男人，說話的聲調，還像個十歲男孩子一樣。「不男不女」？對，同學這樣說我。

所以我就決定再也不開口跟他們說話了。

學校的舊圖書館，又髒又舊，無人想靠近，因為被抓到逗留在此的同學，會被懲罰打掃舊圖書館。我說我自願負責打掃，於是這裡，成了我和王啟皓的祕密基地。

黑松沙士幾年前，推出零熱量的口味，那時我買了兩瓶，一瓶給王啟皓，他喝了很喜歡，連眼睛都在笑。

為了讓他笑，我就這樣買了三年。每天兩瓶。

將近三年了，我們每天都約在學校舊圖書館。我問：「啟皓，你覺得，舊圖書館為什麼這麼破了，沒有整修，也都沒被打掉？」

啟皓說：「維修費有連續十年的支出單據憑證，卻從來沒修過。因為你的班導，也就是教體育的謝老師，他們幾個資深老師，把維修費收進口袋了，用假憑證作帳。」

我突然懂了：「只要每天有像我們這樣的乖學生來打掃，讓這裡看起來擺設整齊，校務評鑑能過得去就好了。」

「對，只要這棟破房子一直存在，老師們每年都有維修經費可以變成他們的零用錢。那為何要打掉呢？」

我問：「可是，啟皓，你為什麼總能知道這些機密？」

「你想到的問題裡，至今有什麼是我不知道的？」

王啟皓毫不掩飾他的博學廣聞，笑起來眼睛瞇成一條線。

我也瞇成了一條線。

王啟皓問我：「你喜歡那個女生對吧？」

「啊！等等，我們不同班，你怎麼知道？」我竟被啟皓看穿。

「小齊……你每天幫她買早餐，我卻只有黑松沙士。你說呢？」

王啟皓揉揉我的頭髮。

「我……」不知所措。

「那女的叫做楊靜吧？進展到哪裡了？快說。」

王啟皓左手臂一把環扣我的肩頸。

我害臊低下頭。整個人埋到王啟皓的制服裡。

「也不算喜歡……就是覺得楊靜很漂亮，同學都圍著她。我只是覺得……如果可以跟她當朋友，應該會很棒，但是同班好久了，我還沒跟她說過話……」

我其實心裡摸不著頭緒，什麼是喜歡？如果喜歡，是看這個人的重要性，我最重要的人，明明是王啟皓。

我說：「就……只是覺得她很棒，如果可以，也想跟她做朋友。」

我說：「她每天早餐要吃什麼，也是她的朋友吩咐我，讓我去買。我原本以為，多買幾次，就可以直接跟她說話了……」

你說：「花這些錢，還不如問她：要不要一起去福利社？」

「我不敢。我的人際關係，除了跟你之外，沒有成功過。更何況是靠近那種讓人很崇拜的學校風雲人物……」

我說著說著，整個人窩在王啟皓的臂彎裡。

我裝作害臊，其實只是想靠在你身上，多逗留一會兒。

太陽曬進圖書館……

「太陽好溫暖……」我們異口同聲。

「欸！小齊！你忘了！」

「啊！對不起！我忘了！但你不也忘了嗎？」

王啟皓伸手指向我的脖子：「我們不能曬太陽的！」

因為我們互相幫忙，在彼此的脖子上，用紅筆畫了兩顆點點，模仿吸血鬼的咬痕。雖然太陽很溫暖（真的好想多曬一下），但我們超討厭曬太陽，真的超討厭喔，因為我們是吸血鬼。

「為什麼你不相信我是鬼？」王啟皓問我。

「我相信啊。就是你咬我，把我變成吸血鬼的。」我說。

「吼……你不相信！」你說。

「哈哈哈哈對，我真希望你不是。因為如果你是鬼，那我不就沒有任何朋友了？這樣我的人際關係太悲慘了，我這一生也活得太可憐、太失敗了吧。」

「沒辦法啊，我就已經當鬼了嘛，來不及了，太晚遇到你。如果早一點遇到你，我就不會死了。怪你太晚找到我啊！而且我只能陪你到十八歲。據說十八歲之後，你就看不到我了。」

王啟皓說。說得跟真的一樣。我立刻反駁：

「不行，不管，一輩子都要在一起。除了你，我沒有別人了。」

突然窗邊有東西掉落的聲音。

「誰!?」我喊。

「真的鬧鬼了？」王啟皓說。

哈哈哈哈，我們一起大笑，這棟舊圖書館的無稽之談多著。

「小齊，你要小心一點，不然我們是吸血鬼的事會被發現。隨時都有眼睛偷瞄我們。」王啟皓說完。我們又笑倒在一起。

鐘聲響了。

你捏捏我的臉頰，要我快回去上課；

假扮吸血鬼的遊戲，我們分頭進行。

看著你對我揮手的背影，你帥氣的離去，

我心裡想了一百次，卻從來不敢開口的是……

「我喜歡她，但你才是我最重要的人……」

所謂體育課
美其名是為了健康

說實話
卻是體能弱勢者
被合理受刑的代名詞
迫害我們被排球砸
被籃球打

打完
再打上一個不及格的記號

外頭。眾人們感慨著，陽光燦爛的高中生涯，即將結束。惆悵的離別感漸漸渲染開來，我們就要航向未知的人生。那我呢？

童軍繩纏繞著我，我上身赤裸，掙扎的汗水一滴滴落下，粗劣繩索在身上磨出擦傷。雙手反綁，高舉在頭頂上。

初夏的體育課，器材室，拔河隊的大姐頭孟姐，拿著電動剃刀，機械聲漸漸向我靠近——「乖，別動，我會很溫柔。」

近距離看著孟姐厚厚的嘴唇、曬出斑的臉頰、豐厚的雙下巴。壓力好大。我撇開視線，見到幾位和孟姐體型相似的女學生，雙手抱胸，盯著我，笑著，她們期待著。她們都是拔河隊。

我們學校女子拔河隊連續三年榮獲全台灣高中女子組前三名。

「再動就剃頭髮喔！」孟姐說著，嗝出幾個蒜香濃郁的飽嗝。

我不敢動。剃腋毛總比剃頭髮好。要是反抗了，下場更慘。

孟姐端詳著被她剃完的我，貌似十分滿意自己的傑作，她問：

「違規抽菸啊？皮膚這麼白，這麼可愛，竟然抽菸？」

我立刻否認：「別人抽的！我不小心沾到。」是王啟皓抽的菸。

孟姐不相信：「喔。你不是變成吸血鬼了嗎？怎麼還吸菸？」

稍早，我故意露出紅筆畫的吸血鬼咬痕，假裝不小心被人看到，然後再快速用衣領遮起來。可是好倒霉，竟然是被孟姐看到了。

「你是吸血鬼，不應該吸菸呀，應該吸我才對。」

孟姐說著，將她濕濕黏黏的脖子向我靠近。

孟姐說：「不吸嗎？你不吸，那我吸你？要不要跟姐姐我交往？」一旁同夥女子幫腔：「欸，姐，妳先檢查一下，試用一下再決定要不要交往。」孟姐伸手，碰了我的運動褲，伸手往大腿內側：「姐幫你檢查一下。」

我放聲尖叫。

我夾緊雙腿，保護那最後的防線。

「我有喜歡的人了！！！！」

我大喊一聲，喊出這輩子最宏亮的一次叫喊聲！

後頭那群小嘍囉們一陣放聲大笑。

嗯？我有喜歡的人，有這麼好笑？

但她們漸漸知道事態不對，收起笑聲，器材室裡沉默無聲……

孟姐再打了一個嗝。

那一嗝聲，像是幹大事的前奏曲……眾人不敢出聲。

我喉結上下移動，吞下眼前的恐懼。

我冷靜的說：「對不起。我有喜歡的人了。」

孟姐是真的喜歡我？她生氣了？

孟姐說：「我開玩笑的。你小子，敢當真啊？我什麼角色？會喜歡你？我會喜歡你，世界上就有鬼了！」我卻從她泛著淚光的眼神裡，看得出來，她的惱羞和傷心。玻璃碎了一地。

孟姐退後兩步，看了一眼小嘍囉，眼神示意，叫其中一人過來，命令句：「脫吧」，小嘍囉應答：「是」。

再豪邁一喊：「手機！來。」旁人遞上照相手機。

我死命掙扎！雙腿亂踹！我可不想被一群女漢子拍裸照。被傳到網路上，被複製、備份，一輩子刪不完。那麼我也不用活了。

突然一聲「幹什麼！」教體育的謝老師推開門。
他聽到我剛剛的大喊，聞聲而來。
「喔～老師～沒有～我們在練習野外求生的童軍繩結。」
孟姐嗲聲嗲氣的回答。一旁女生們一窩蜂圍到老師身邊撒嬌。
帶她們比賽的謝老師，大夥兒熟得很。

「這次放過你，畢業前給我小心一點。」
孟姐在我耳邊丟下一句狠話。

人散了，放學了。
人去樓空的器材室，我突然反胃，心臟陣陣絞痛。
好噁心。

我套上制服，面無表情的，拔腿跑著，跑著⋯⋯
我跑啊跑，渾身狼狽的⋯⋯

在放學的鐘聲，下午四點的斜陽下……
我發瘋的狂奔，跑到那棟舊圖書館。

四處張望。
焦急的四處張望。

我在找什麼？
我不知道我在找什麼？
只是本能的，只想跑來這裡……

直到書架後，王啟皓走了出來。
緩緩向我走來，我呆呆站在原地，神情呆滯……
直到王啟皓伸手拍掉我身上的灰塵，緊緊抱住我之後……
我突然忍不住，落下眼淚，啜泣了起來。

你的制服裡，埋下我的哭聲，

埋葬了我的眼淚。

你的胸膛，承載著我的悲痛欲絕。

你伸手輕撫我的頭、髮梢，安撫著我。

「我在這，有我在。」

在我最脆弱的時候，總是你陪我度過。

王啟皓總像哥哥一樣照顧著我。

有時候我也會生氣，氣我怎麼沒有能力反擊：「我討厭孟姐，也討厭謝老師看到了一切，卻跟她們說說笑笑的走了。好不甘心，啟皓你有什麼辦法嗎？我要對付那些討厭的人……」

「有。有！有一個辦法。絕對重重懲罰他們。」王啟皓很嚴肅。

「什麼辦法……？」我吞嚥，你吞嚥，氣氛突然好緊張……

「小齊，你記得小時候那件事嗎？爆裂之火燄……」

噗，我突然破涕為笑，哈哈哈笑出聲來……

王啟皓是說小時候我們不小心放火燒掉牛舍的事。

我們異口同聲：「**爆裂之火燄・炫・阿特雷萌・六芒星！**」

說完又笑倒在你懷裡。

這是我們自創的必殺技，黑魔法咒語。

我們一起比著施法的手勢，好開心啊，我們一起的童年回憶。

哈哈，小時候為了實驗這個火焰魔法，我們一起在家附近的牛舍唸咒語、練習。結果真的把整座牛舍點燃了，燒了。

「王啟皓，那時候火是你拿打火機點的對吧？哈哈哈，還害我被我爸暴打一頓。我明明只負責唸咒語，結果我被打得超慘。」

我們笑完，王啟皓話鋒一轉：「小齊你知道嗎？孟姐為什麼練拔河、練得這麼壯碩？」我收回笑臉和眼淚，靜靜聽著。

「孟姐從小被她爸侵犯，她為了抵抗暴力，上學以後，練了重量訓練、拔河，吃得特別壯，她才能保護自己。可惜，她的意識也被潛移默化，基因被種下傷害他人的種子了。」

我理解：「她是一個受傷了，為了活下去，只好強悍的人……」

我也突然發現，如果我能同情、理解傷害我的人，明白他們心裡也正扛著難以承受的苦和課題，我似乎就可以不那麼恨了。

「這是祕密。別說出去。」你叮嚀，並接著說：

「我們不要因為他們的惡意，就變成跟他們一樣的人。如果可以，要活成一道光，照亮別人。我們也會被照亮。」

王啟皓捶了我的胸。我也捶回去。

你從書海裡拿起兩本書，先唸了其中一本給我聽——

你要活成一道光，因為你不知道，誰會藉著你的光，走出了黑暗。請保持心中善良，因為你不知道，誰會因你的善良，走出了絕望。請相信自己的力量，因為你不知道，誰會因為相信你，開始相信了自己。——泰戈爾《用生命影響生命》

接著再給了我一本植物圖鑑。

「這本是整個圖書館裡，我最喜歡的喔！特地找來看的，但你今天哭，所以給你，安慰你。」收到植物圖鑑，我破涕為笑。

「小齊你看第二五六頁，是含羞草，跟你超像，一碰就害羞得縮成一團。」聽你這麼形容我，我又害羞得低下了頭。

你伸手亂揉我自然捲的頭髮；
伸出拇指，擦掉我懸在下顎的淚珠。

夕陽下，王啟皓笑著，我也笑著。
暖暖的陽光，暖暖的啟皓，好像這個世界，再沒有煩惱了。

我說：「還有一個理由，讓我討厭謝老師。」
「我說我是吸血鬼，不能曬太陽，他卻處罰我跑操場三圈。」

脖子上的紅點點被汗水沖掉了……
哼，氣死我了。

這年頭
就連你只是站著不動
只是乖乖原地呼吸而已
都會惹人厭

得罪別人
往往是你什麼都沒做的時候
就已經得罪了

因為人際關係
是你做越多
越勤勞周全
才越有收穫的事啊

所謂男生宿舍，就是連穿三天的襪子、淋浴間的尿、腋下的騷味、沒洗淨的汗、未晾乾的衣服，和無數青春期男孩的荷爾蒙。上述陳年氣味之加總，而形成的睡覺空間。

下鋪的室友小暴牙，他走路婀娜多姿，臀部搖擺，齊瀏海整齊的晃啊晃，隨身攜帶一把扁梳子，他卻能在一群壘球隊陽剛的男人堆裡混得風生水起，真有本事。

為何他這麼與眾不同，卻還能這麼高調呢？為什麼我的與眾不同，只能躲在角落呢？

「看屁呀，欠揍嗎！」小暴牙發出尖銳的聲腔。下鋪的他，正用指甲銼刀，銼著自己的腳趾甲，精細的修飾趾甲邊緣。小暴牙舉起手，對我比中指。

呵呵，我置之不理，不過是狐假虎威。

我在等淋浴間。我總是等人潮散去才悄悄去洗澡。和一群男生塞在同一個空間的感覺，讓我感到不舒服。

我提著洗澡用具，要離開寢室。一踏出門，我就回退了好幾步，因為我遇到了黃山料，遇到黃山料從來沒好事，他閒來無事，就會找我麻煩。他臉上貼著OK繃，嚼著口香糖，手腕纏著繃帶。天呀，一副壞人的模樣。

小暴牙把我拉到牆角。他慫恿「料哥」前來「教訓我」。黃山料推我的胸口，我往後倒，撞向牆壁，再站回原位。他再推，我碰牆，再站回原位。我不痛，因為他並沒有使太多力氣。

只是，我看見牆上有一根生鏽而外露的鐵釘。是一根為了吊掛月曆，而突出的鐵釘。

料哥伸手推我胸口，每推一下，我撞向牆，再立刻站回原位。

再推……站回來……就差那一點點，後腦門差點直直砸向鐵釘。

我盡可能倒向一邊，避免鐵釘直直刺穿腦袋。

不行。不行。我一定要反擊，不能這樣被欺負下去。

伴隨搥胸聲，是小暴牙高分貝的叫囂：

「臭同性戀，人妖，姐妹。」

我小聲說著：「我不是，我不是，我不是。」

我必須這樣說。因為在人群裡，我已經夠奇怪了，不想再增添任何一點與眾不同的標籤在我身上……

我要反擊，我一定要鼓起勇氣反擊！不能讓他們這樣欺負我。

黃山料突然暫停，語氣沉穩，面無表情的警告小暴牙：

「你，住嘴。你再吵，小心下一個就揍你。」

小暴牙安靜，尷尬微笑，露出一口唾液滋潤過的鐵灰色牙套。

而我也低下頭。重複著……推倒，碰牆，站回原位。

晃動間，看見黃山料的腳背，有淺淺的，夾腳拖鞋的曬痕？

此刻，我腦袋裡裝滿了想反擊的念頭……

我想反擊……我想反擊……我想反擊……

心裡默念了無數次我想反擊！

我終於鼓起勇氣！

準備好手勢……你們……找死吧……

我大聲喊出：「爆裂之火燄！炫！阿特雷萌！六芒星！」

全場安靜。

魔法失敗了。

尷尬了，我又表現失態。

我立刻用切換人格來掩飾我的能力不足……

我說：「阿 no…我還不習慣這個身體啦……」

黃山料暴擊我一拳。

我終於還是撞上那根鐵釘！

幸好鐵釘鏽蝕。被我撞斷了。

白色衣衫染上鮮血。不致死的出血量。

「喂！山料！暴牙！浴室排到了！」

寢室外的壘球隊弟兄們叫喊著。

於是黃山料踢出有夾腳拖鞋曬痕的那隻腳，踹了我一下。

他對我說：「我每天都會來提醒你，我鞋子穿幾號。」

黃山料離開。

「是是是，別急，來了。」小暴牙嗲嗲聲急忙出門。

手提著水桶、毛巾、沐浴乳、化妝包。

小暴牙能讓一群壘球隊大哥們幫他排隊？好厲害，並肩走在走廊上多神氣。同學們若看到這番氣勢，任誰也不敢因為他的性別氣質妖嬈，而輕視他了吧？

前往保健室，經過淋浴間，聽見小暴牙對壘球隊的大哥們說著幾個女同學的情報。喔，原來，他是這樣站穩地位的。充當大哥們與女孩子間的橋樑。擁有一群姐妹淘，是他的社交籌碼。

去了一趟保健室止血，回男生宿舍時，時鐘十點半。

奇怪？夜已深，整層樓卻全是鼓噪聲……

夜市賣場人潮匯聚的那種鼓噪聲。

這個時段，多數學生通常都睡了。此時淋浴間也已過尖峰時段，通常空空如也。不用排隊了。怎麼回事？

人群聚集在男生宿舍淋浴間。

全宿舍的男孩子，上百人，全都圍上來了。

人群裡，眾人紛紛討論著：「到底是誰？」

「怎麼會做這種事？」

「猜不出來欸，光看腳怎麼知道是誰？」

我馬上感知到了，一切悄悄在腦海裡串了起來……

我鑽進人群，去確認眼前真相。

穿越人群，鑽到第一排……

見所有男生全數舉著手機，正在錄影。

眾人的鏡頭，對準最角落的淋浴間。許多人正彎腰，使勁查看門縫裡，那四隻站立不動的腳——四條男生的腿。

突然，壘球隊的大哥們，帶領著眾人，開始喊著：
「四腳獸！四腳獸！四腳獸！」眾人合聲般，齊聲喊著！
「滾出來！滾出來！滾出來！」男孩子們興奮的歡聲雷動！

而我卻打了一身寒顫……

那雙腳掌，指甲銼刀銼過的，趾甲邊緣滑順的雙足……
腳掌小巧玲瓏……我認得。沒人猜得出來，只有我認得。
另一雙腳掌，帶有淡淡的，常人不會注意到的夾腳拖鞋曬痕……
我認得。只有我認得！

我自言自語……「要開始了……要開始了……要開始了……」
我經常故意把自言自語的音量放大，
想故弄玄虛，引起同學關注，但從來沒人理會我。
但沒關係，我太前衛導致你們的認知跟不上。

我依然感到興奮無比，因為，輪到我們出馬了！

我立刻打電話通知王啟皓，我大喊著：

「黑暗裡的英雄，正義的化身，我們表現的時刻來臨了！」

我們此刻，正打算，出手解決這一切。

如果可以
我也想把
陰鬱而冷漠的自己
活成一道光
如果有人落入黑暗
舉手之勞
我能照亮你

兩個男生赤裸關在同一個淋浴間，門縫可以看見兩雙腳。消息已傳遍整座學校。數百人圍觀，門縫裡的四腳獸，靜止不動。

全校只有我知道四腳獸的真實身分是誰。

而我打算見義勇為，為我的高中生涯留下正義的結尾。

我傳簡訊問王啟皓該怎麼做？他要我先去地下室機房，打開電箱，將最大的把手往下壓，總電源即可關閉。

再回到淋浴間外，拿起滅火器，從背後噴向圍觀群眾。

停電後，眾人將手機切換成手電筒。我走回人群背後，拿起滅火器噴射。在一陣陣叫罵和髒話中，校舍管理員、巡邏警衛也因停電而速速聞聲趕來。

他們草草驅趕了多數圍觀群眾，現場還留有幾位不死心的男孩子們，等著看四腳獸出籠。

於是我面紅耳赤！緊張的看著手機，大聲複誦王啟皓訊息中的文字：「刑法第三一五條之一！！妨害祕密罪！！三年以下有期徒刑！！罰金三十萬！！」大喊完。警衛無言的看向我。

全場安靜。我好害怕成為眾人焦點。

臉紅尷尬的我小聲的說：「不……能……強迫……開門……」

終於。警衛與管理員，驅散了所有圍觀、被噴得白蒼蒼的男孩子們，直到確認所有人都回了各自寢室……

管理員和警衛才敲門，命令四腳獸出來。

四腳獸卻不出聲，不回應。怕聲音被認出來吧？

我告訴管理員，我們都先離開，四腳獸才會願意出來。

警衛與管理員去確認大樓電源。

離開前，我在門外小小聲的，用氣音對四腳獸說：

「嘿……我們是黑暗英雄轉世。」

「**雖然你們剛剛欺負我，但我還是見義勇為了。**」

我為我們的正義而開心，心中正竊笑。

多虧王啟皓這位軍師，在電話裡的指導。

我說：「四腳獸先生，你們出來之後，自己把身體沾一些滅火器的粉末，然後再回寢室，如果有人問你們怎麼這麼晚回來，就說沾了粉末，清洗花了時間。就不會有人懷疑你們是四腳獸了。」

確認所有人都離開，現場一片寂靜，我也回到寢室。

深夜，即時通，系統顯示王啟皓已離線。我在和王啟皓的對話視窗，寫下今天故事，第一次覺得住宿舍有趣，我幹大事了。

做了一件正義的事，幫助了別人。

寫著寫著，看見小暴牙渾身白蒼蒼的回到寢室。我對他微笑，他卻狠狠瞪了我。嗯？我關上電腦，滿足睡去。躺下，痛！才發現我完全忘了頭上的傷。

隔天，一早，我被鐵鎚敲擊牆壁的聲音驚醒。是小暴牙把鐵釘插了新的回去。

這天，他早早的就出門了，比往常都還要早了一小時。

我將窗台含羞草盆栽灑水。葉片害羞的縮了起來。我小聲對葉片說：「今天也要好好長大，陽光很燦爛，心情很好對吧。」

一大早的舊圖書館。

「哪有人一大早喝黑松沙士的！早上六點半！」王啟皓笑死。

「我很開心，就買了啊！」

我說：「昨晚做了好事，心情真的很好。我們才是真正的正義！」

「我們是黑暗英雄轉世啊，小齊你記得吧？我跟你說過。」

「對，我們沒有錯，錯的是世界。」

說著說著，王啟皓再次原地笑死。說我天真，左臂緊摟我的肩。

你說：「我真的很喜歡像這樣。」

「怎麼樣？」我問。

你說：「很喜歡跟你在這裡，喝黑松沙士，發呆，聊天，就是簡單的待在一起，很自在。嗯，很喜歡這樣。」

我思考了一會兒……

「那你會一輩子都喜歡嗎？」

我又問了一個蠢問題。

你不知道吧
你是我最重要的人
我希望夜裡收到你的訊息
希望起床第一眼是你
希望每天早晨叫醒我的
是那份想與你一起生活的心意

人對於感情，總在擁有的時候，擔心著失去。

當對方問你「你會不會一輩子喜歡我」時，他一定知道，即使你說會，也不一定做得到。但重點也許不是有沒有做到，而是就想聽那一聲承諾，讓此刻對未來的恐懼、不安的心，能安心一些。

「你會一輩子都喜歡和我待在一起嗎？」我問。

「你覺得呢？」你笑著反問我。

「那我們是什麼關係？」我再問……

「這不重要。你覺得是什麼，就是什麼。」你笑得很奸詐。

關於我的不安，你總是不正面回答我。

「不管。兩個問題，你選一題正面回答。不然不跟你說話了。」

我鬧著脾氣。不說話。

王啟皓敵不過我的任性，

「嗯，好，那……我覺得……

我應該做得到，關於一輩子陪著你這件事。」

對，這就是我想聽到的回答。

你明明知道我想聽什麼。

我叮嚀：「你要說到做到喔。」你溫柔的說著：「好，我答應你。如果哪天，你眼裡不再有我，我也不會放棄你。」

肩靠著肩，聽見你說這些肉麻的話，我真的害臊極了！只好狂灌手中這瓶黑松沙士，故作忙碌。你卻面不改色的繼續說：

讀遍整座圖書館典籍的王啟皓，說了滿滿哲學的話……

「就算我不在你眼前，但我對你說過的話、我們一起做過的事、我們的回憶、我們珍惜彼此的感覺等等，這些都會依然充滿在你的世界……因為我已經住在你心裡，你懂嗎？」

你說得頭頭是道，我卻聽得似懂非懂。

我撒嬌著大喊：

「不只這輩子。下輩子，下下輩子，下下下輩子，下下下下輩子，我都會找到你，纏著你，不讓你離開我我我我我！」

我們約好了
未來的每一世
即使我們不再記得彼此
靈魂也要認出彼此靈魂

好聽的甜言蜜語是一回事，回到現實，所謂一輩子啊……

我好想要，卻又好害怕，「一輩子」發生的機率很低吧……？

「如果一輩子不會發生，但我現在卻信了，不就等於安排著讓未來的我傷心？所以我不信。你才做不到呢！」我說。關於友誼長存，真的辦得到嗎？我對人際關係，有一百種不安。

王啟皓突然垂頭喪氣：

「好吧，聽你的。既然你不相信我做得到，那就現在分開吧。」

我聽了突然激動起來：「幹麻分開？不用分開……不要分開！」

王啟皓又露出迷人的壞笑。

啊。可惡！你的詭計得逞了是嗎？

你就是故意講「要分開」，想聽我說「不要分開」！

王啟皓，你太頑皮了啦！

「我！我！我……！」我的整張臉漲紅到不知所措……

王啟皓拿起我的筆記本，說：「你喜歡寫作，長大以後，一定要記得這項嗜好，有熱愛的事，才能支撐我們有靈魂的活著。」

我們約定好，你會等著看，等我把我們倆，寫成一本小說。

你接著說：「你寫詞，我作曲，這樣很好。」

你翻開我筆記本裡的某一頁，上面是我寫的詞。

你拿著吉他，譜出曲子，哼唱一段旋律：

願你幡然醒悟 少受點傷……

願你心有依歸 不再漂蕩……

願你曾經不安的所有 終能安放……

願你擁抱所有 心之所向……

願你溫柔接納 自己模樣……

願你說不出口的那些悲傷 都化成滋養……

晨光閃爍，舊圖書館，在王啟皓的音樂裡，一切閃閃發亮。

「小齊。」你叫我。我看著你，你溫柔的眼神凝視我的雙眼。

啟皓說：「希望長大以後，就算壞事很多，我們蒙上許多灰塵，也要記得現在種在心裡的種子，跳脫一成不變的生活，去尋找自己喜歡的事物。」

我們一起寫作、一起閱讀、一起聊著未來的嚮往。

聽你說著，聽著，聽著……

種子好像埋進了我的心裡，眼眶含淚了。

……

上課鐘聲響起……像在倒數青春一般。

這樣的鐘聲，還能聽幾次呢？

我們將分道揚鑣，成為形單影隻的大人。

王啟皓揉揉我的頭：「下午見！」

「下午見。」微笑道別。幸福的早晨，如此展開。

我想，高中畢業前，倒數的日子，我能把握青春的尾巴，

至少，留下些好的回憶吧。

後來……

當我笑著抵達教室，

所有同學，竟然目光死死盯著我。

我才驚見，布告欄貼滿了影印紙，

大字寫著——

四腳獸就是小齊

三年二班的怪胎

所謂同班同學
就是把一群相處不來的人
關在同一個空間
互相競爭
看誰厲害

有人成績好
有人成為風雲人物
若不靠近他們
就是邊緣人

這種行為
跟煉蠱有什麼區別？

煉蠱，就是把一堆蟲子，關在一個小空間，讓牠們互相殘殺、互食彼此，最後存活下來的，就是體質最優質的蟲子。而牠因殺死所有對手，而成魔，放出來以後，可以禍害人間。

正如同班同學，競爭到底，最優秀的那一位，往往不會是品德最高的一位。禍害人間？他們絕對做得到。

呵呵，學校，是我的惡夢。

多虧我努力隱形多年，少有人記得我的名字。

那些認得我的人，都喊我「欸，怪胎。」

「他是誰？之前都不知道我們班有這個人……」

沒錯，我就是那個沒有名字的男同學。

「男男戀好噁，竟然還在淋浴間幹那種事！」

我開始耳鳴。要從哪開始澄清？結結巴巴一個字也吐不出來。

「你說話啊！有這麼『男』以啟齒嗎？」

「要你承認還真是『男』上加『男』！」

「哎呦，你們大家不要再強人所『男』了！」

哈哈哈哈，眾人齊聲大笑。一人一句「男系列」成語。

拔河女孟姐也加入詆毀：「原來你就是男生宿舍的四腳獸啊？也難怪我都送到你眼前，你還會拒絕我。哈哈哈哈。」我心想，如果妳這樣想，妳不被愛的感受會被彌補，好，那妳就這樣認為吧。

眼前的惡意我承受不住，全身顫抖，心跳的速率難以負荷。

我蹲了下來，顫抖的手搖搖晃晃，解不開鞋帶，扯了好久……

我緩緩脫下鞋子……我給所有人看我的腳掌……

我問：「這……是昨天……晚上的腳……掌嗎？不是對吧……」

此時小暴牙大喊：「對！我昨天看到的就是這雙腳掌！是他！怪胎就是四腳獸！四腳獸就是他，是小齊！」

人群裡，遠遠的，看見楊靜的制服裡，穿著一件粉紅色的上衣，她正看著我。我手上的早餐還沒遞給她。平常是交給她的閨蜜，讓閨蜜轉交。今天，我要直接遞給楊靜。

我走向前，遞了早餐，我說了：

「我喜歡的……是楊靜！！」

我為了洗脫罪名，說了一個謊。

我心裡明明知道，我對楊靜，是崇拜，

不是那種想成為戀人的喜歡……

眼前的楊靜，眼睛好漂亮，戴著左右兩邊不同顏色的瞳孔變色片，一湛藍、一淺棕。她翹翹的睫毛，薄透的肌膚，好漂亮，身上有香香的氣味，她含著棒棒糖，收下早餐。

她的閨蜜搶了我的書包，翻出我平時寫的筆記本，正朗讀著：「楊靜假裝孩子氣，是為了對大人的社會表示抗議嗎？」

「但含棒棒糖走在路上，看起來很刻意呢……」

「不過，我崇拜楊靜的人生觀：只要我喜歡，有什麼不可以。」

眾人的笑聲漸漸消停。

楊靜輕輕撥了一下她柔亮的頭髮，我再次聞到香香的氣味。她說了一聲：「God damn geek」說完，轉頭就走。

我愣在原地。楊靜英文成績很差，為什麼硬要對我說英文呢？也疑惑著，為什麼呢？為什麼妳吃了一整年我買的早餐，卻不願意跟我交朋友呢？我伸長脖子，看著人牆後背對我的楊靜。

她跟旁人說：「我不想記得那個怪人的臉，妳幫我擋住他。」早餐被那楊靜閨蜜收去了。她拆開，吃掉。
也許，過去這一年，都是如此吧。

所以我打算拎起書包，離開現場。
我伸手搶我的書包，書包卻在人群中被傳來傳去、扔來扔去。

我一邊伸手搶著，一邊想著……
我後天就滿十八歲了，只要再消失幾天，過陣子就畢業了，我可以逃走了，王啟皓跟我，我們去讀一樣的大學，在那裡，在台北，一個比較多包容的城市，一個更多異類的城市，我們會找到自己的生命，把悲傷都變成養分。
我們去創作、去開鑿自己的天地……

那裡有希望、有期待、有未來……
有同伴、有關愛、有音樂、有夢想被孵化……

至於眼前這些人，跟我無關，他們鬧一鬧，我不在意的。

我也不想說出真正的四腳獸是誰，我不想為了逃脫窘境，就去藉口傷害任何人。

當我被傷害了，我恨那些傷害我的人。但我若用他們傷害我的方式，傷害回去，變成跟他們一樣的人，這樣不正確。如此的我，就不是我了。我不想因為那些不重要的人，而改變自己。

我看見小暴牙，他雙腿交叉站立著，拿著扁梳子，梳著他的齊瀏海，他說：「山料哥不在，好可惜，沒親眼看到這場好戲。」

後來他對著楊靜說：「姐，我幫妳教訓那個變態。」

書包傳到小暴牙手中。

物品全數被傾倒而出。

小暴牙要做什麼？如何教訓？

他拿起王啟皓給我的「植物圖鑑」。

身高一六五的他，爬上桌子，站在桌上，高高舉著植物圖鑑。

我馬上知道他想幹麻……

我突然好害怕！

我著急了，我語無倫次……

口中唸著：「爆裂之火燄・炫・阿特雷萌・六芒星！」

「爆裂之火燄・炫・阿特雷萌・六芒星！」

我大叫！

大叫著：「不要！！！」

「爆裂之火燄！！！」

不要！！！！！！！！

「炫！！阿特雷萌！！」

「不要！！！不要！！」

「六芒星……」

周圍同學們在笑。「怪胎在唸什麼啊。哈哈哈哈哈！」

我被擋在人群裡，寸步難行……

看著小暴牙一張一張把植物圖鑑撕碎……

一張，一張，一張，撕，撕，撕，撕，撕下……拋往人群中。

我大叫著不要！！

歇斯底里叫著不要！！

不知所措的，伸手接住每一張飄落人群中的圖鑑，

接不到，所有人都在擋著我……

我喊得聲嘶力竭……看見整本書一半都不見了……

那是王啟皓給我的，我最珍貴的植物圖鑑……

我激動到近乎窒息，喘不過氣……

「不能撕！不要撕！不要！」

我漲紅的雙眼布滿血絲……

從不要！喊成了拜託！逼到絕境我大喊著求求你不要！拜託！

小暴牙翹著小指，撅著臀部，站在桌上，像一個領導者在宣誓：「我跟你們大家說！怪胎晚上會抱著這本書睡覺，他愛死這本書了，今天我把這書撕掉了，這就是他當四腳獸的處罰，大家原諒他，放過他吧！」說完，補上連續的尖聲大笑。

「謝老師快要來了。」窗外有人大喊了一聲。

那一瞬間，所有人歸回原位，一片安靜，像什麼也沒發生過。

所有人坐在位置上，翻開自己的書本或考卷，鴉雀無聲。

徒留我，一個人爬在地上……

一張一張，撿起剛剛被撕壞的植物圖鑑。

魔法咒語沒用。

含羞草那頁也撕了。

椎心刺骨。

我跪地，低頭，洋紅色的耳朵、臉頰，雙眼。

生氣的淚水落下。

滴落在含羞草那一頁上。

我立刻擦掉眼淚。

拾起書包，取出書包裡，網路上買的，日本進口，標榜全亞洲最硬的9H筆芯鉛筆，它被削得尖銳無比。

我站了起來。

我突然恍神，再也無法控制自己……

緩緩走向那位在座位上裝乖的小暴牙。

我深深吸一口氣，舉起手，全身力氣伸手用力一揮！

將鉛筆插進小暴牙的臉頰！

親眼確認筆尖刺穿臉頰，已插入他口中，我才安心抬起頭。

呼！我嘆了一口氣！

哈哈，暢快多了。不自覺揚起嘴角。

臉頰插著鉛筆的小暴牙，張開大嘴，猙獰表情，睜大眼睛站起來，看向四周。此刻，全班同學瞪大眼睛，震驚到呆坐原地，無人說話。小暴牙用喉嚨發出「哦啊…哦啊…哦啊…」的聲音。剛進門的謝老師，親眼看到這一幕，手中文件嚇到散落一地。

我懷裡抱著含羞草那一頁。

突然暢快的大笑了，哈哈哈哈……

笑完。

拔腿就跑。

邊緣人

是乘載許多誤解的人
是付出關愛卻不被接納的人
是心裡有一片海卻無人知曉的人
是努力靠近人群卻一再被推開的人
是站在懸崖邊隨時可能悄無聲息墜落之人

教體育的謝老師一巴掌拍擊了我的頭。

原本傻愣站著，手握9H鉛筆，腦海裡幻想著報仇的我，被謝老師重重一擊打倒在地。鉛筆刺向地上，斷了。我也醒了。

「搞得一團亂，鬧什麼鬧！」

謝老師蠻橫的音量，在我耳邊斥喝。

謝老師那一巴掌，懲罰了受害者，令加害者暗自竊喜。

抬起頭，眼前小暴牙翻了一個白眼，露出勝利的微笑，微笑上套著鐵絲般銀灰色的牙套。他完好如初的臉蛋，沒有被我插破洞，沒有流血。我盯著他，卻只看見青春痘被脂粉遮蓋，隆起一顆顆膚色的顆粒，貌似一座滿是小石子的沙灘。

我瞪紅了的雙眼，布滿血紅色憤怒的血絲，

我沒有讓他住嘴，我沒有懲罰他。

鉛筆刺穿臉頰的戲碼，跟爆裂火燄一樣，沒有發生。

為了守護我跟王啟皓的一切，

我能在心裡殺死他一百次……也只能在心裡。

眾目睽睽下，我懷裡抱著那張被撕掉的含羞草；

我向外跑，逃之夭夭。

像我這樣的邊緣人，再怎麼努力靠近人群，卻只會一再失敗。付出關愛卻未曾被接納，乘載許多誤解，不曾被理解。

三年十班是資優班，王啟皓是資優班的最後一名。在一群最優秀的學生裡，他是最不優秀的那一個，是承受最多壓力，也最不被待見者。不是我們自暴自棄，而是我們努力過了，我們都是捧著心走向人群以後，被人群推開，心被砸碎一地之人。

六月初，初夏，正下著連日綿延細雨，我衣服裡護著一張含羞草圖鑑，淋著雨衝向舊圖書館，經過三年十班，我和王啟皓對視一眼，他便知道「舊圖書館見」。

我將含羞草那一頁，盡可能攤平、晾乾，希望它恢復原狀。突然後方，溫柔且溫暖的，一雙手臂由上而下，輕輕環扣著我，是王啟皓，我感覺到他的胸口輕輕貼著我的背。

我小聲的說：「可不可以……再緊一點？可……可以嗎……？」

你的手臂漸漸扣緊。

王啟皓微微彎下腰，耳朵貼著我發燙的耳朵……

你將下巴置於我肩上……

你在我臉頰旁輕聲告訴我：「不用說。我都懂。」

你的臉頰輕輕靠上我的臉頰，我的瞳孔輕顫……

當我回過神來，我早已泣不成聲。

我在王啟皓溫暖的懷抱裡，漸漸融化……

傷害只會讓人更堅強、更強悍，但愛會讓人變得柔軟、敞開心底所有的脆弱。於是我強忍已久的淚水，終於難以克制……而化作啜泣聲，迴盪在寂靜的舊圖書館。

王啟皓的手掌捧著我的臉頰，拇指拭去我臉頰上的淚光。

我也抬起右手，伸向你的臉頰，輕捏了王啟皓的酒窩一把。

此刻寧靜，雨聲細瑣，破涕為笑的我，眼睛瞇成一條線。

你突然害臊得摸摸自己的小平頭。

你看向窗外，見窗外細雨飄搖，你問：「走？」

我立刻喜悅的快速點點頭：「走！！」

連續第三年，每年這個時節，我們發現，草地裡的蝸牛們，在暖暖春雨落下之時，數以萬計，會傾巢而出，漫無目的爬行。

爬在樹上、牆上、校舍裡、馬路上。馬路上可不行，牠們會全被碾死。而我們，為了拯救蝸牛大遷徙，每年此時，會一起淋著雨，把馬路上的所有蝸牛撿回草叢裡。

「拯救世間的黑暗英雄啊，覺醒吧！」我們各自唸著這段話。目的是喚醒潛藏我們體內的「黑暗英雄前世記憶」。

在拯救蝸牛大遷徙時，我感覺我們幹了正義到無懈可擊、凌駕於社會之上的偉大作為。我們，正在建立我們的個人神話。

我們雖然不被世界待見，但我們，是真正的正義。

我們還練習一種誇張的大笑，比賽誰笑得比較邪惡。因為黑暗英雄是邪惡黑暗的外表，但有正義的心，我們必須做到邪惡的笑。

布滿蝸牛的馬路上，寸步難行，我們逐一將牠們搜括拾起，一人一瓶黑松沙士。一邊嬉鬧著，一邊計較誰才是拯救蝸牛世界的大英雄。「你救了五千隻!?我贏了，我五千零一隻。」

「你確定這裡五千零一隻？一隻也不少？」

「輸的人要揹贏的人跑操場一圈。說好的！快點！」

我催著王啟皓願賭服輸。卻突然注意到，你濕透的制服底下，正透出若隱若現的胸膛。我不自覺的分神，臉紅心跳。

在那分神之間，王啟皓竟突然跳到我背上。

我大喊：「怎麼可以矮的人揹高的人，你這樣我長不高了！」

我喜歡王啟皓。
喜歡我們一起孤僻，
喜歡你的溫暖與理解，
喜歡一起扮演吸血鬼，
喜歡一起成為黑暗英雄，
喜歡我們專屬的祕密黑魔法咒語，
喜歡一人一瓶黑松沙士。

喜歡這世界無人懂我們，唯有我們理解彼此；
更喜歡的，是我們一起淋雨的那些時光。

想到這一切，我總是甜甜的笑。

所謂考試
就是大人們
用一張紙

把所有像我這樣的笨蛋
聚集起來
逼迫我們
困在座位上傷腦筋

只為了襯托
那少數幾個
聰明的人
有多麼天賦異稟

王啟皓愛抽菸。

而我非常討厭菸味，卻不討厭王啟皓口中呼出來的菸。白霧從你口中呼出，飄散在雨裡。再一口，你的菸圈呼在我眼前，我笑了，與你呼吸著相同的空氣，是多麼美好的事情。

細雨霏霏。我們在舊圖書館後的空地，燒掉課本、燒掉考卷。再過幾天，畢業了，就能從考試的地獄裡解脫吧？我們窩在陰鬱的日子裡，遙想著那向陽的明天。

「太潮溼了，火點不著。」啟皓說。

我拿出兩瓶黑松沙士，王啟皓伸手拿起，要喝。我連忙阻止他！我將黑松沙士瓶蓋拴開，沒有氣洩聲。將瓶內溶液，澆淋在課本上。借了王啟皓的打火機，一點即燃。

只淋半瓶而已，卻能在短短幾秒，全數燃盡。

黑松沙士空瓶子裡，裝的是汽油。

凝視著火焰漸漸將過往的痛苦燒成灰，鬆一口氣呢。

我收到一條簡訊：「今天請去醫院看你阿嬤，阿嬤時間不多。」

爸爸傳來的簡訊，又一封：「我跟你媽媽稍後會過去。」

爸媽分居多年，但因為某些大人們的理由，而遲遲還沒離婚。

爸爸有新的戀人，媽媽有新的生活……

於是，我已是過去式了，所以不常和他們碰面。

「一起去嗎？」我問王啟皓。

「不要。你爸媽那麼討厭我，我去了多尷尬。」啟皓強烈抗拒。

「可是阿嬤很喜歡你，小時候阿嬤都帶我們一起去賣場大採購你記得嗎？」我想說服你陪我去。

若王啟皓不陪我，我也沒勇氣見那早已形同陌路的父母。啟皓再說：「可是你記得嗎？某一次我去你家吃飯，你爸直接把我的碗摔破在地上，嚇死人。還有一次我們在你房間玩，我親耳聽到你媽媽說，你如果再提我的名字，她就要讓你轉學。」

即使父母如此，但阿嬤對我們的好，是不容置疑的。

「那你記得嗎？阿嬤買冰棒給我的時候，都會多買你一支。」

王啟皓說不過我，便轉移話題，突然對我說：「小齊，去跟大家和解吧。再嘗試一次，去融入大家，都要畢業了，不要留下遺憾。你還有時間，去讓他們理解你。」聽完，我突然有點不高興。

「王啟皓你沒住宿舍，你不知道，上課被迫塞在人堆裡，放學後還要繼續面對人群，沒有一點喘息有多可憐，我快被所有人逼瘋了。我也已經很努力釋出好意，想和他們打成一片……」

「我懂啊。」

「你不懂，你懂的話就不會要我再去碰壁。」

我接著說：「他們明明超級討厭我，我為什麼還要再去示好？我算什麼？我這麼卑微幹什麼！」

你說：「你再試試看。」

我說：「我已經努力那麼多次，我後天就要十八歲了，這十年的學生時光我一點也不快樂，除了你這個跟我一樣孤僻的邊緣人之外，我的努力沒有換來任何朋友！沒有！一個也沒有！他們只會覺得我怪！」

你嚴肅的告訴我：「你總有一天必須學會跟人們和平相處……」

我反駁：「喔？還是我去找齊學校裡所有被排擠的人，組成邊緣人可悲互助組織？與其這樣悲慘的活著，我寧願一個人。」

王啟皓沒回話。我發現我可能用詞太嚴厲了。我換個方式說：

「我真的不懂，為什麼小暴牙要用盡手段來置我於死地？」

你說：「你是他最討厭的樣子吧？我猜。」

「我有那麼討人厭嗎？」

你回答：「人們的討厭，通常都是反射了自己。他討厭的不是你，而是討厭過去的他自己。我想他也有過邊緣人的時期，一個性別氣質特殊的人，不可能一路順遂。他一定辛苦過。」

我反問：「辛苦過？辛苦過就能是傷害我的理由嗎？」

「這就是他自私的地方。他很聰明的知道，想活下來，就要踩著比他弱小的人往上爬，並且借用比他強大的人的力量。所以如你所說，他攀附壘球隊、黃山料、楊靜等等。那是他存活的方法，這部分他確實比你厲害，你也要借鏡他，找到你自己的方法。」

「啟皓，不要再說小暴牙的好話了。你明明知道他很卑鄙，明明知道他踐踏我的一切，我恨他，你還幫他說話。」

王啟皓澄清：「小齊，你冷靜，我沒有幫他說話。」

「不然？」我口氣不悅。

我按捺著不開心，再給你一次機會……

王啟皓再說：「小暴牙的做法，是踩死另一個人，來彰顯自己的優越。只要罵你娘砲人妖四腳獸，罵得越大聲，他就距離所謂正常人越接近呀。他透過排擠你、詆毀你，來催眠著自己並非異類。也等於在向所有人證明，他不是邊緣人，他跟多數人是一國的，有一樣的敵人。所以他的人際關係，才會經營得這麼好。」

「夠了，好了。」我真的生氣了。

王啟皓的表情，也變得不開心。

舊圖書館旁，有些風吹草動，不知道為什麼，最近偶爾感覺有人在窺視。我回到圖書館裡拿剩下的考卷時，發現書包旁多了一瓶「生活泡沫紅茶」。誰給的？給誰的？誰放了飲料在這裡……？我們都不知道。我沒有除了王啟皓之外的朋友，王啟皓說他也沒有除了我以外的朋友，那麼……是誰會送飲料來？

看著火焰燃燒著一張又一張的試卷，我們之間的沉默，有一種賭氣的感覺。

即使是最親密的人、最好的朋友等等……世上唯一理解你的人，也有不懂彼此的時候。這時候，孤單會乘以孤單，放大到數百倍。

火焰燃燒，而我們之間隔了座冰山。王啟皓破了冰：「走吧。」

我假裝沒聽到。

王啟皓再破冰：「你不是想要我陪你去看阿嬤嗎？」

「嗯。喔。」我裝作還在生氣，其實心裡笑得好開心。

到底是誰發明了
「家人是一輩子」的概念？
讓一群貌合神離的人
吵到天翻地覆也不能分開
活在同一座屋簷痛苦不堪

為血緣而相聚
情感卻疏離
是誰有這樣折磨人的怪癖？

王啟皓自稱是孤兒。不過我在他皮夾裡看見他留有和父母的合影。所以是過世了？王啟皓只說：「我已經沒有父母了。」

「他們怎麼了？」我問。

王啟皓沒有直接回答，他說了一段意味深長的話……

「到底是誰發明了家人是一輩子的概念？」

我想了想說：「對，為什麼家人就是一輩子？因為血緣？但為什麼有血緣就要被綑綁在一起呢？人不能各自自由嗎？我也不懂。」

王啟皓眼神裡充滿失望，說著：「我討厭血緣關係所定義的家人，讓一群貌合神離的人，吵到天翻地覆也不能分開，活在同一座屋簷下卻痛苦不堪……這算什麼家人？」

我認同：「因為血緣而相聚在一起，但情感卻疏離……我們明明不合適，還硬要賴著一輩子？這正是折磨人最殘忍的做法吧？」

王啟皓眼神空洞的給我看了吉他上，那斷了的弦。

也許就是這樣，親情的聯繫，也斷了吧。

話題好像越聊越陰暗了……

再聊下去，日子就沒希望了對吧……

啟皓總是成為我的亮光，我也想在他陷入低谷時，成為他的光。

其實我有些話，一直想對你說……

「你，啟皓。我，小齊。我們都很孤獨，我們都不被理解，我們都孤零零的苟活在世上某個不被注意的小角落……」

我緊緊拉住王啟皓的手：「王啟皓。」

「我早就把你當成我最重要的人了，你早就是我的家人了。」

「不一定要有血緣關係才是家人。」

「爸爸和媽媽之間沒有血緣，但他們也是家人……」

「我希望……我們就是彼此的家人……」我不停的表達。

王啟皓只是靜靜看著我，沒說話，所以我繼續說著……

「從小認識你，一路到現在，你給了我不曾擁有過的溫暖。」

「我希望你困難時，我陪你度過，你孤單時，我都想陪伴……」

「那麼多年了……我早就把你當成生命共同體了……」

「我甚至常常想著，除了你以外，全世界我都可以放棄……」

「我們可以有個家，一個沒有偏見，只有愛和互相包容的家。」

我說著，心跳跳得好快，已經思考不來……

王啟皓雙眼濕潤的看著我……

我憑著最真心的感受，把所有的心意，誠實交代。

王啟皓還是沒說話。為什麼？

安靜的空氣，令我越來越著急……

我是不是說錯了什麼？

我只好一股腦的傻勁，繼續努力訴說著我的心意：

「我不知道……該怎麼說……我……我……」

「為了你，我會很努力，只希望你喜歡的樣子，我都能做到。希望你喜歡的樣子，我都有……」

空氣再度凝結。我把話都說完了……胡亂說一通，把最直接的情感都說了出來，這是我第一次這麼在乎另一個人。

我不知道此刻心裡亂了套的所有情緒，是什麼意思？

我是不是想太多了？

或……我是不是搞錯了什麼？

「小齊，你真的搞錯了……」王啟皓說。

完蛋了。我又失敗了，我真的很不擅長人際關係，每一次只要我努力的事情，都會搞砸，我真的好糟糕！我好丟臉。

我是不是連我最珍惜的感情，都要毀掉了？
我後悔說出剛剛那些話，我做得太多了，我越線了……
我不該多此一舉說破這一切……

原先流竄於我們之間的那些……
那些……比朋友關係，更濃烈一點點，
那些……比家人之間，更深刻一點點，
那些……比戀人之間，更雋永一點點。

那些難以定義的一切啊……
我不應該用我拙劣的言詞，粗魯的捅破……
捅破了，是不是一切都改變了？都不見了？

從小我就是個不擅長融入人群的人，唯有王啟皓陪伴著我，才讓
我的世界被點亮了，讓我不再害怕獨處、不再暗自悲傷。

我的所有快樂都是你給的，因此，我原本還想……
如果你願意，我想把你餘生的快樂，都包辦下來……
你卻說是我搞錯了？
我緊張到快哭了：「是我想太多了……對不起……對不起……」
我低著頭。
心慌到快支撐不住，腦子一片空白……

突然身體一晃，往前一倒。什麼？

我一頭跌進你暖烘烘的懷抱裡……

王啟皓正緊緊擁抱著我……

你在我耳邊輕聲的說：

「傻瓜，你真的搞錯了。」

「不是努力成為我喜歡的樣子，而是你有的樣子，我都喜歡。」

「在我面前，你不用揣摩或猜測我喜歡什麼，不用強迫自己成為我喜歡的樣子。因為……我喜歡的樣子，就是你原本的模樣。」

發燙的臉頰，兩顆震耳欲聾的心跳相互撞擊著。

這樣的感受，是不是就叫做「永遠」呢？

謝謝你們生下我
但僅止於感謝
家人並非以血緣定義
互相理解的人
才是家人

阿嬤在醫院躺很久了，阿嬤叫了我的名字「小齊」後，就繼續昏睡著，我很開心阿嬤還記得我。王啟皓說阿嬤在等死。

媽媽先到。媽媽一來，王啟皓連忙躲到布簾後，媽媽進廁所，我向外查看，看見醫院長廊遠處，爸爸的身影。

王啟皓說他想先走了。

我氣音說：「不要走，你待在旁邊，不要講話就好了。」

王啟皓的氣音說得很激動、很大聲：

「你爸媽又不喜歡我，我幹麻在這裡厚臉皮啦！」

「陪我，看見他們我壓力也很大。我會怕。我很害怕，你千萬別走喔。」我也激動的發出大聲的氣音。

爸爸進門，王啟皓來不及走。

爸爸問：「你在跟誰講話？」

我低下頭，看著爸爸的皮鞋，我沒回答。王啟皓躲了起來。

媽媽走了出來：「你學校生活有正常嗎？輔導老師有打電話給我，說你最近跟幾個女孩玩在一起。叫孟淑君吧？拔河隊的。」

「沒有。」我說。我低頭，看著媽媽的灰色裙襬和黑色高跟鞋。

「跟那些女孩子玩也好，至少能交些正常朋友，至少不是那個什麼？之前那個什麼？莫名其妙的……」媽媽所說，那「莫名其妙的」，就是王啟皓。媽媽連啟皓的名字都不願意說出來。

爸說：「什麼跟女孩玩，你一個男人體格比女生還弱，丟臉。」

「男生就應該跟男生交朋友，去打打球、追女生。像你這樣的，怎麼交女朋友？」我仍然低著頭，不想看見爸媽的表情。

我能承受的極限，是看見他們的肢體動作、服裝、手勢等。我若抬頭……看見他們臉上的細微表情，每一絲都將令我窒息……我不敢。於是我坐在一旁的椅子上，低著頭。

「我有男生朋友啊。」我小聲的說在嘴邊。

小時候爸媽工作忙。放學後，我總是一個人，於是我跟王啟皓一起在家附近的農地玩，我們正努力練習火焰黑魔法……

「爆裂之火燄・炫・阿特雷萌・六芒星」

還真的點燃了！我們一起喊著咒語，同時抱在一起歡呼！

喔，呵呵，王啟皓拿打火機點的。

火越燒越旺。沒水，我趕緊拿一旁沙堆滅火。滅不著，短短時間，猝不及防，一整座牛舍點燃了。引來消防車、人群圍觀。

後來我被父母狠狠教訓了一番。

「火是誰點的？」爸爸正大聲斥喝。我低頭，看著爸爸的皮鞋。
「我負責唸咒語，咒語沒成功，是王啟皓點的火……」我說。
「**自己做壞事，還想怪別人！火是不是你點的？**」爸爸斥喝。
「不是。是啟皓……」
「是不是！」
「不是。」
我每說一句不是，藤條就會抽我一下。直到我說「是」為止。
媽媽說她很頭痛，不知道小孩子平常都跟什麼樣的朋友待在一起？**我說我只有一個朋友，就是王啟皓。**
「**不要再提王啟皓了。」媽媽嘆氣。**
我看著媽媽的黑色高跟鞋，聽著她頻頻嘆氣：「生出這種兒子我也有錯，小齊你再這樣下去，你這輩子要完蛋了……」

我一句話也沒說。只是也許，正因為燒牛舍事件，爸媽對王啟皓反感了起來。「再這樣……小齊以後完蛋了。」媽媽嘆息說。

阿嬤的病床前。爸媽很誠心的跟阿嬤說，要努力繼續活著，因為只要阿嬤還活著，每個月都有公務員的退休金可以領。就是那種，可以領到死掉為止的退休金。

從阿嬤的退休金，聊到孩子教育。

「妳怎麼教小孩的？」「你就沒有責任嗎？」他們互相責怪著。我站了起來，走向布簾，我說：「我說過了，我有男生朋友。王啟皓是我最好的朋友。」

阿嬤病床前，我拉開布簾。爸媽卻突然安靜，安靜的面向我和王啟皓的方向，他們都不說話了。不說話是什麼意思？

我不知道爸媽再次聽我談起我最珍惜的王啟皓，會是什麼想法？

我仍然沒有看他們的表情，因為和他們四目相對，是一件異常痛苦的事。我的腦海、我的潛意識，不願意記得他們的厭惡或失望。於是我總是低著頭。不要看見他們的神情，我會好過一些。

王啟皓也低著頭。

我們都不想面對，那些令人摸不著頭緒的大人們。

王啟皓一溜煙的跑了。

「欸，你要去哪！」我也追上。

我的背後，扔下無言以對的爸媽，他們安靜的看我們跑走。

爸媽一句話也沒說。

……

我追上王啟皓。

「回去吧。」王啟皓叫我自己回去。

「不要，我不想見我爸媽。」

我百般不願意。

「不是，我說回去上課吧。都下午了。」

我不自覺嘟起嘴，不開心的應聲嗯。

「你沒事吧？」我問。

「我自己冷靜一下吧。」王啟皓答。

又是謝老師的體育課。小暴牙舉發我抽菸。

我自清，我說我是排斥菸味的體質，氣管敏感、容易發炎，一抽菸就咳嗽。卻沒人信，因為我身上有大把菸味。

我卻心想，如果是因為沾染王啟皓的菸味而被記申誡、被罰站。那這不也是一種兄弟間親密的浪漫？站著，腿痠，嘴角卻笑了。因為與你親密，而受罰，受罰就不討厭了。

後來，不曉得是誰在社群上傳了昨晚四腳獸門外人群聚集的影片，有拍到我竄到第一排確認四腳獸「腳形」的身影，確認了我的清白。不過被貼上的標籤是撕不掉了，除了受害者我本人以外，沒人在意清白，他們只在意有不有趣。

我在同儕間變得有名，他們路過罰站的我，喊我「四腳」。

「嘿，四腳」、「嗨！四腳」

我已拚命隱身十年，卻在高中生涯的結局，以此方式被所有人記得，太悲慘了。最後幾天，我必須試圖扭轉什麼……

否則，惡毒的新綽號，大概要跟我一輩子了吧。

我傳了一封簡訊，勸小暴牙自首：

「明天早上，請你跟全班同學說清楚，否則我會說出真相。」

有時候
我們放棄了某些人際關係
並不是不在乎了

只是發現
即使努力付出
卻始終無法
獲得相等的在乎

隔日。早上07:00，睡過頭了，突然驚醒，渾身是汗。

下鋪的小暴牙已經離開寢室。

我驚見窗台上，心愛的那株含羞草，它被剪斷了。

整株剪斷，傷口流出新鮮的汁液。我心痛欲絕。

窗外陰暗無光，仍綿延著昨日細雨。

我的制服，被黑色噴漆，畫上一個巨大的叉叉……

這一切，絕對是小暴牙做的。

我衝到教室，早上07:15，每到雨季，許多同學都遲到，多數人還未到校。等著所有人到齊，我會把四腳獸的真相說明白。

小暴牙，你必須為你做的壞事付出代價。

07:25分，一票人沒來上課。包括小暴牙、楊靜、黃山料全部都不在。我繼續等。07:35最作惡多端的那幾個，偏偏都不在。

他們去哪裡了？我突然有不好的預感。

07:45，我抵達舊圖書館。最惡劣的三位同學，竟聚集在此。書櫃被傾倒，書籍被堆疊成一座座椅，楊靜坐在上面，小暴牙坐在另一大疊書上。他們一派輕鬆聊著姐妹掏心話，故意無視已經憤怒無比的我。

楊靜制服底下總是配著另一件顏色鮮豔的上衣，刻意穿得突兀來表現自己很有一套。「我現在只喝黑咖啡了，其他的我看不上」，她明明討厭黑咖啡的苦味，卻硬要拿著黑咖啡，假裝是內行人。

她喜歡用不熟悉的語言表現自己，明明英語不好，卻刻意把中文句子裡穿插幾個英文單字，藉此假裝高尚。也會刻意批評主流文化，來彰顯自己的優越。為了凸顯自己的特別，她說：

「我十二歲之後就沒再聽過五月天了，我只聽 Beatles 跟 Oasis」

略過他們矯揉造作的對話，我走到被傾倒而凌亂不堪的幾十個書櫃旁，突然驚叫！書櫃底下……我看見王啟皓。

「啟皓！」我大喊了一聲。他被壓在書櫃底下，沒有回應。我前去查看王啟皓的狀況，已經沒有氣息……

沒有人在意王啟皓，所有人目光在我身上。

突然一股力量將我的頸脖勒住，我向後跌倒，我將雙手緊握著脖子被套上的繩索，拆不掉。被拖行了一陣子，直到我漲紅著臉，幾乎無法呼吸，最後一眼，我看見小暴牙跟楊靜在不遠處說說笑笑。我抬頭看，是一個肥厚的下巴，下巴猛然低下頭，一副猙獰的臉孔正對我笑，血管爬滿額頭，是孟姐。

孟姐一邊笑著一邊打了聲響嗝。

我伸手想制止她，突然眼前一片黑。
錶上顯示 07:48，我失去知覺。

失去意識前，耳朵聽見一串手機鈴聲……
然後周遭聲音變得朦朧，轟隆隆……轟隆隆……
再後來，就陷入一片寧靜，什麼也沒再聽到了。

我死了？
我最珍貴的棲身之處被毀了，
我最珍惜的人被傷害了我卻無能守護，
還沾染了一身污名。

我以前以為死了無所謂，
但因為王啟皓，我最珍惜的夥伴……所以我開始眷戀著生命，
想好好生活著，好好擁有更多我們的故事……

如今就這樣子死了，我真的捨不得。

我還眷戀著被王啟皓揉揉我的頭髮，那溫柔的感受……

想再被王啟皓從後方環抱，發燙的耳朵貼著耳朵……

就是還擔心明年五月的蝸牛大遷徙無人照顧……

就是還有點對不起……

為什麼我沒有足夠的能力守護好我重視的人事物？

我的高中生涯，就這樣結束了？

嗯，我原本呢，也是這樣以為的。

但是接下來……

最不可思議的事情，才正要發生……

第二章／

我花光了　所有運氣
只為與你　再次相遇。

謝謝
生無可戀的日子裡
有那麼一個人
我耗盡一生的運氣
也想再次相遇

睡夢中快要窒息！我用力睜眼！驚醒！渾身大汗，手錶顯示早上07:00。我睡過頭了。醒在宿舍上鋪。下鋪的小暴牙已經出門。寢室裡安靜得只剩我的大口喘氣，和細細碎碎的雨聲。

剛剛是夢？好真實的夢。

我下床，照慣例要為含羞草澆水……怎麼這樣？被剪斷了。植株被利刃剪斷，切開來的莖部，傷口正在流汁……跟剛剛夢到的，完全，一模一樣。

我趕快拿出衣櫃裡的制服。果然，被黑色噴漆，噴了一個大大的叉。我該不會……做了預知夢？

我有不好的預感。馬上傳訊息給王啟皓。如果剛剛這一切真的是預知夢，那麼我一定要阻止後面的事情發生。

傳簡訊給王啟皓：「你在哪？」

王啟皓回覆：「老地方見。」

我再回：「別去，有危險！」「別去！」「看到快回我！」

一連三封，07:15，王啟皓沒有回覆。

電話有響卻未接。我立刻拔腿狂奔。

一路昂首狂奔，我要趕快，不能讓王啟皓被書櫃壓死。

從宿舍到舊圖書館的路程，我全速衝刺，也許十五分鐘內，七點三十分前可以抵達舊圖書館。上次是七點四十分左右看到王啟皓被書櫃壓著的身影。這次我也許來得及，我只要跳過進教室等待的那段，可以爭取到許多時間。

我卻在一個轉角，撞見了黃山料。你怎麼在這裡？

我記得，剛剛夢裡沒有看見你在教室，你在這裡做什麼？

你身體向我靠近，把我逼到牆角，擋住了我的去路。我開口問：「你想幹麻？」黃山料卻是死死盯著我，沒說話。

到底在搞什麼？但我真的沒時間了！

「啊！」我大叫一聲，伸手用力指向右邊。趁黃山料看向右側時，我迅速蹲下，身手伶俐的，一秒間，從他的手臂下鑽出去，溜走。我一邊跑，一邊大喊著：「抱歉！我真的在趕時間！」

我繼續跑，看了手錶，完蛋！被浪費了三分鐘。

07:33，抵達舊圖書館，我繞到後門，透過玻璃窗看見室內已經一團混亂。書櫃都倒塌了，小暴牙和楊靜正在堆疊書籍，堆砌他們的王座……

我失敗了，王啟皓又受傷了，是我害他被書櫃壓死的。如果我沒有惹怒小暴牙，沒有讓楊靜覺得我是變態，沒有讓孟姐厭惡我，就不會有今天毀掉舊圖書館的局面，王啟皓就不會死了……

我在角落窺視舊圖書館裡，那壞人們的狂歡。

而我失落站在原地。

我好自責。

突然，我的嘴巴被右後方伸來的一隻手摀住！

我一動也不動，突然一股情緒湧上來，突然熱淚盈眶。

因為，我聞到了手指上的菸草味……

還有身上一股淡淡的，男孩子自帶的荷爾蒙清香……

我的肩膀上，正靠著你的下巴……

耳朵！我紅燙燙的耳朵，正緊貼著你的耳朵！

我不敢出聲，壓抑著內心的狂喜，喜極而泣了。

我轉身，緊緊抱住你。王啟皓，是你……你沒事真的太好了。

07:40

你說是因為剛剛七點十五分，我傳了簡訊，才讓你有了戒心，沒有直接衝進圖書館裡，而是躲在後門的空地。原來我的第一步驟就做對了。

我突然一個念頭，當頭棒喝，想通了。我擦掉眼淚，接著我說：「王啟皓，你等等，你在這裡等我一下，我有事情要辦。」

既然我預知了一切。

那麼，這個仇，我知道該怎麼報。

一直以來，我忍受任何針對我個人的羞辱，我可以無所謂。但我無法容忍你們踐踏我和王啟皓共同擁有的一切，包括我們的祕密基地、王啟皓喜歡的植物圖鑑、我和王啟皓的時光……都被你們破壞了。不，可，原，諒。

我走進圖書館，小暴牙和楊靜對我視若無睹。

我知道接下來會是孟姐從背後用繩索套我。

抓緊機會，轉身！

孟姐站在我身後。

我小聲在她耳邊說：「妳被妳父親上的時候爽嗎？」

孟姐愣住。低頭不語。她被嚇傻了，童軍繩也掉在地上……

她發現她最不可告人的祕密被我知道了。

孟姐靜靜的打了一個嗝，她語氣低沉問：「你為什麼知道？」

我安靜不語，靜靜繞著她走一圈，撿起童軍繩。

我說：「妳覺得呢？我要不要說給全校知道呢？」

孟姐再打了一個響嗝，接著瞬間鬼哭神嚎般發狂尖叫：

「你為什麼知道！！！！」

我立刻一把從後方勒住她，孟姐向後倒地，伸手想抓我，卻被我勒到面紅氣粗。我拉緊繩索，溫柔的對孟姐說：「不客氣，我就幫妳一把，下輩子祝妳遇到一個不會玩弄妳的爸爸。」

碰！一聲。

突然，我眼前一片黑。

我使不上力，鬆手，跪地，我倒地不起。

迷迷糊糊之間，聽見孟姐的咳嗽、喘氣，聽見小暴牙笑著說楊靜有打棒球的潛力。

手錶顯示 07:48

最後，又聽見那一串手機鈴聲。

如果我的尖銳
傷害了你
請不要怪我
去怪我曾遇見的惡人
怪世界從未對我溫柔

快要窒息！我不能呼吸……用力睜眼！我醒了過來。

早上七點整，睡過頭了。躺在床上喘氣，剛剛怎麼一回事？

看了下鋪，小暴牙不在。窗臺上的含羞草被剪斷，切斷的莖部正在流汁。手機！六月十一號早上07:01……

我十八歲生日的前一天。

重來了，我竟然又醒在這一天。

我立刻反應過來，傳簡訊給王啟皓：「舊圖書館有危險。你要躲在後門。我們在燒課本的地方見。」王啟皓回覆：「好。」

07:03，我秒速穿上制服，迅速衝向舊圖書館。

教學大樓的轉角處，我緩了下來，07:10，黃山料卻不在轉角處，對，黃山料還沒走到這。我繼續跑，看見黃山料站在不遠處。

他喊了一聲「欸！」我不管，繼續跑。

他追上來。他跑得可真快，一把拉住我的後衣領。

我喘在原地。我口氣極差的問：「你想怎樣？」

「我……」黃山料兇狠的眼神瞪著我……卻口吃？

平常都欺負我的他，竟然也會說話結巴？

「怎樣？」我不耐煩。

「嗯……」黃山料拖拖拉拉，我真的要瘋了，在這種時間點。

「別浪費我時間，滾！」我打了黃山料一巴掌。

「料哥，就當你欠我的！不要追我！我有急事！」

我一邊喊，一邊跑遠。回頭確認，黃山料沒有追上來。

抵達舊圖書館後門，07:21，王啟皓也剛抵達。我緊緊擁抱了王啟皓，我不知道為什麼，只要看到你，就想什麼都不管，先緊緊抱住再說。

07:30，大書櫃被推倒。發出轟隆隆的聲響。

「啟皓，你待會兒一定要顧好自己，你尤其要小心不要被書櫃壓倒、壓傷。裡面會很危險，但我有我的仇要報。」

「你要做什麼？」

「當然是殺了他們。」

我要親手制伏舊圖書館裡，正肆虐的三隻大 BOSS。

一打三，我是弱勢，但優勢是，我已經預先知道他們的行動。

「殺人？小齊，你怎麼了？」

「如果我不制伏他們，就是他們傷害我們。」

「小齊，你先冷靜。我們不要因為別人對我們的惡意，就改變自己。如果變成跟他們一樣邪惡的人，那才是得不償失。就因為他們對你不好，你就用他們對你的方式，回敬他們，那你跟他們有什麼不同？」

「啟皓，你太天真了。事實證明，善良那一套，只會讓自己底線被踐踏，讓自己珍惜的事物被剝奪，最後吃虧的還是自己。不如一開始就好好守護，先發制人。」

王啟皓畢竟不是我，他不知道在這間學校裡的所有痛苦，幾乎是他們幾位造成的。我們倆意見不同，於是沉默了許久。

07:44。

王啟皓似乎想通了，你說：

「好，如果這是你要的，那我們就來體驗看看。」

很好，我們的心又再次對齊了。

我們開始討論戰略。如果我進去，先攻小暴牙或楊靜，孟姐一定會勒死我。如果先攻孟姐，楊靜會拿球棒砸我。所以這次我有個想法，我不勒死孟姐，但我可以威脅她，如果她幫我制伏小暴牙，我就幫她保守她的祕密。

「接下來呢？」王啟皓問。

「我會讓楊靜承受對她而言，最痛苦的懲罰。」

好，我們站了起來。

突然。我頭痛劇烈，眼前一片黑，視線漸漸模糊。

手錶顯示 07:48。

我承受不住劇烈頭疼，即將失去意識……

失去意識前，我又聽見那串手機鈴聲……

所謂人緣不好的人
也許曾默默做了許多努力
卻總是失敗

與其拚了命的融入人群
不如把自己關起來
至少內心平靜
不再受傷

接納自己孤僻的本性
不再勉強自己

再次驚醒在宿舍床上，看見被切斷的植栽莖部正在流汁。我立刻重複了剛剛的所有過程，包括傳訊息給王啟皓、衝刺到舊圖書館、路上要狠狠打黃山料一巴掌。

坐在燒課本的舊圖書館後院。我跟王啟皓說：「我好像走進了一個迴圈，一個循環，只要我死了，就會重新醒在宿舍床上。這是第四次和你在同一個時間線裡見面了。你相信我嗎？」

「我知道。我相信。」你毫不猶豫，平靜的回答。

嗯？你相信得太快了，很古怪。

你再說：「這也是我第四次和你見面了。」

「什麼意思？」我驚訝問。

「小齊，只有你跟我記得每一次迴圈裡發生的事。其他人都被重置了。而且只要一到07:48，一切就會重來。」

「第一次我不小心被書架壓倒，奄奄一息時，親眼看見你被童軍繩勒昏，醒來後發現我又回到教室座位。第二次，你傳訊息給我，所以我抵達時，躲在後門空地等你。第三次，我們說話，你突然暈倒，時間重置。」

「每次都是07:48。」我們異口同聲。

「所以我才同意，你如果想殺他們，你就去體驗看看。」

「哈哈哈哈。」我們倆笑倒在一起。

我說：「我想殺他們，想好多年了。」我笑得合不攏嘴。

腦海裡盤算各種折磨他們的方法，因此眼神閃爍期待的眼光。

「**盡情去做，反正可以重來嘛。**」王啟皓陽光燦爛的笑著。

我興奮無比。

我突然愛上了這個無限循環的迴圈；在迴圈裡，我可以無限的跟王啟皓耗著，耗在這個循環裡，永遠不要出去。

如果時光一直停留在這個迴圈裡，我們就能一直相處下去。不用擔心畢業後分道揚鑣、長大後形同陌路，不擔心失去你。不如我們，就這樣耗到無限為止。好不好……？

其中一次循環，我太好奇黃山料到底要跟我說什麼？他攔下我到底有什麼事？

「小齊，那天啊，對，真是……對……很感謝你啦！」

哈哈哈他竟然是要跟我道謝。

我抬頭，直盯著黃山料的眼睛。黃山料臉上的 OK 繃脫落了。

咦奇怪……我好奇一問：「山料哥，你臉又沒受傷，幹麻貼 OK 繃？難道……手臂繃帶也是纏來裝飾的嗎？」

山料哥一臉被識破的樣子，眼睛亂飄，手忙腳亂。

他說：「那天我也很錯愕，我才剛進淋浴間，門還來不及關上，小暴牙突然走進來，把門鎖上，緊緊抱住我，我沒反應過來。當我想開門叫他出去的時候，已經來不及了，門外有人喊四腳獸。我知道，如果當下開門，誤會就更大了。結果更慘，越是不開門，圍觀的人越多，時間拖越久，我越是洗不清……」

「然後……然後就，幸好，你幫我解圍。」

「不然……我可能這輩子都洗不清了……」

哈哈黃山料。

他就是那種受了一點小傷，就要用繃帶包起來，假裝很有故事的人。這種人呢，往往拳頭搥牆壁，才發現好痛，卻忍著不說。

喜歡假裝是不良少年，其實晚上都準時睡覺。

他總是編造自己反社會的故事，其實私下怕事怕得要死。

如果你看到他手上有傷，大概是他故意展示給你看的，他會說：「這個傷喔，沒什麼啦，只是處理了一些小事而已。」

你會心想，咦？我沒問你呀。

他為了彰顯自己的「不良」，必須做一些「小壞事」。

例如上課故意睡覺、闖紅燈，或強調「我昨天熬夜」當作一種炫耀。他明明不抽菸，卻手上把玩著意義不明的打火機。

跟人說話時，會一邊咀嚼口香糖，認為這樣做，很壞。他認為使壞是長大成人的表現。卻像極了一隻愛搗亂的可愛哈士奇。

一連賞了山料好幾個巴掌之後，我得心應手。接下來的循環，我每次看到山料就想笑，因為他被打巴掌之後，他不會還手，就是傻愣愣站在原地，看著我跑遠。其實想想，我真的不算討厭山料哥。因為，他會欺負我，但不曾羞辱我。

好了。接下來的這一趟，我要好好把復仇執行完畢。

對付傷害我的人
最管用的方法
就是加倍奉還
他們唯有痛了
才能感同身受
曾帶給別人的痛

「你晚了三分鐘到，我以為你出事了。」

王啟皓點了一根菸，開口關心我，口中一邊呼出團團雲霧。

「我剛剛去拿了這個。」從書包裡拿出一條運動用彈力繩。

昨天燒書用的黑松沙士瓶子裡，還剩餘一瓶半的汽油量。

「你計畫怎麼做？」

「你等著看。」

「孟姐。」我從孟姐後方，紳士般輕喊她一聲。

「我傳了一條簡訊給妳。」孟姐拿起手機，低頭不語。

「孟姐，要打嗝先忍一下喔。也不用問我為什麼知道。妳要擔心的是下一封簡訊，我的通訊錄存了班上每個人的電話號碼。下一封，就不是傳給妳了，是群組簡訊喔。」

孟姐惡狠狠瞪著我。

「孟姐，妳不是說四腳獸很髒，同性戀是怪癖嗎？我真的很想測試看看，同學們會不會覺得『女學生跟自己的爸爸做愛』這樣的奇聞趣事，比同性戀更有話題性？」

「你想怎樣？」孟姐問。

「妳幫我抓住楊靜跟小暴牙，把他們綁起來。我保證簡訊就不會傳出去。」孟姐立刻走上前，把他們倆綁了。

楊靜飄逸柔亮的秀髮，依然有陣陣髮香，在她掙扎時飄散而出。

「好香啊，就是這個氣味。」我心想，以後只能懷念了。

楊靜不斷掙扎：「你想幹麻？變態！我就說你是變態！」

我說：「可惜，以後再也聞不到了。」我一把將楊靜推倒在地。

她亮麗的秀髮隨即在地上四散開來，像盛開。我將楊靜美麗的秀髮淋濕：「哇，內層還有挑染呢。妳很珍惜妳的頭髮對吧？好漂亮的亞麻綠。」圖書館已充滿楊靜瘋癲的驚叫。

「我淋的不是水喔，妳有聞到嗎？」楊靜尖叫。

「我很小心，沒有淋到妳的臉蛋喔，妳這麼漂亮，我也捨不得弄壞。」我輕聲細語，楊靜繼續尖叫。

我說：「姐姐，妳冷靜一點，我討厭尖銳的聲音。」

我揚起下巴，驕傲的朗誦出那道咒語……

「爆裂之火燄・炫・阿特雷萌・六芒星！」

同時，我將王啟皓剛剛沒抽完的菸，輕輕丟在楊靜淋上汽油的髮絲。一瞬間，秀髮變成火焰，燒到髮根，燒進毛囊裡。火焰漸漸止於頭皮。楊靜只剩下遮擋額頭的瀏海，其餘一絲不剩。

咒語成功了呢。我笑。

「還剩很多呢。」我晃了晃手中的「黑松沙士」。從容儒雅的走向小暴牙。小暴牙已經開始道歉。他道歉時，嘴巴張得好大，好像再多喊幾句對不起，那鋼鐵牙套就會噴出來似的。

我問：「你在淋浴間跟男同學玩耍的時候，牙套有脫下來嗎？」

「有，有，有，對不起，四腳獸是我，我不應該栽贓你！」

「他承認了。你們有聽到嗎!?」我說。

我對著一旁乾瞪眼的孟姐和奄奄一息的楊靜說。

「這時候承認，還有意義嗎？」我一邊溫柔說著，一邊將剩餘的汽油，不規則的淋在小暴牙的全身。不能淋得太多，多了，怕你活不下來。淋少了，又怕你太輕鬆。

你總是把我傷害到體無完膚；

我今天就讓你好好體會，什麼是真的「體無完膚」。

再點了根菸。

我仔細端詳小暴牙布滿淚痕且厚厚脂粉掩蓋痘痘膿皰的臉頰。

「暴牙，我有個提議⋯⋯」

「你臉上的坑坑疤疤啊，還少了些點綴。」

我用點燃的菸，在小暴牙的臉頰上，燙了一下。

手感不錯。再燙第二下。

我不疾不徐的說：「**末・日・審・判**・」

我燙出一個X形狀。

在他臉上打了一個叉。真是心滿意足。

「你不是送了我一個叉叉嗎？在我制服上。我也送你一個。」

「我不會讓你死，小暴牙，我只讓你以後多花些整形手術費。這樣我夠仁慈了吧？我一直很好奇人的皮膚被燃燒的過程會是什麼模樣。終於可以親眼見識了。」

「我錯了……我知道錯了……對不起……」小暴牙哭嚎。

「買化妝品的支出，會因此更貴吧？」我替小暴牙擔心著他的預算。「這將來啊，可不是遮痘痘那麼簡單的喔。」我微笑了。

「**爆裂之火燄・炫・阿特雷萌・六芒星！**」

扔下菸蒂。

點燃。

好漂亮的火焰。

我正想靜下來欣賞小暴牙的慘叫聲。突然一股力量往後一扯，我往後跌倒，孟姐的童軍繩套住我的脖子。

「你這種惡魔，弄完他們，你也不會放過我吧！哈哈我掐死你，你死了看你還能不能發簡訊。」我快不能呼吸了，看一眼手錶，才07:35，我還有時間，我不會死。

碰！童軍繩突然鬆開了。孟姐往後一跌，倒在地上，脖子上套著彈力繩。王啟皓緊張兮兮的跟我比了一個OK的手勢。我急忙衝上前，幫忙拉緊繩子，我們對視一眼，便知道彼此心意：我們要同心協力勒死孟姐。

我們將她綁在樑柱上：「為了妳啊，我去了一趟體育館，拿彈力繩。妳知道用童軍繩勒死一個人，過程最短只需要一分鐘嗎？如果用彈力繩想勒死人，會需要至少十分鐘喔。它的彈性會讓妳還能吸到一點點空氣，不會那麼快死去，痛苦的歷程是十倍的時間。我想這很適合妳。」

看孟姐拚命用指甲摳著脖子上的彈力繩。摳到十指流血，彈力繩也未曾鬆動。

「呀！孟淑君，脖子的皮被妳撕掉一層了呢。妳是不是想在脖子上挖一顆洞呼吸呢？」我靜靜觀察孟姐瀕死前的舉動。

07:44孟姐被勒了八分鐘還活生生的，看來我高估了彈力繩的致命效率。我於是在孟姐眼前，拿起手機，孟姐拚了命伸手要搶。我給了孟姐一個溫暖的微笑，輕輕一按，群組簡訊送出。

哎呀，看來彈力繩太輕鬆了，我順便燒了孟姐的雙手，懲戒她總是憑藉粗壯的蠻力去欺凌弱者的惡劣行為。

07:47倒數最後一分鐘。

我說：「被傷害了很痛對吧？我一直以來，都是被這樣傷害過來的。希望這些傷害，可以教會你們，什麼是同理心。」

我完成了，我的復仇。

天旋地轉，雙眼發昏，手錶顯示 07:48，眼前一片黑。

再一次昏迷。

又是那個手機鈴聲……。

而下一次，當我醒來時，循環卻結束了。

我親手燒了三個人，他們應該沒死吧？

傷害罪……要關多久呢？

我想學會目中無人
不再考慮別人死活
畢竟恣意妄為之人
往往活得快樂許多
因為他們從未在乎別人感受

「小齊。小齊你還好嗎？」我聽見謝老師大喊叫醫生。

「謝老師……王啟皓呢？」

十八歲的我，醒在病床上，虛弱的問著。

「誰？」謝老師不管我的問題，急忙按鈴大喊醫生。

我心想，完了。已成功擊殺BOSS所以無限迴圈解除了。我們破關了？可是也完蛋了。原本以為會無限重來，即使處刑他們，下次還會重來，殺死他們，下次也會重來。所以我恣意妄為的復仇，原本只想洩憤，卻讓事情成真了。

那麼……燒人，是會被判《傷害罪》嗎？

「我會被關幾年？」我小聲虛弱的問……

「孟姐後來……死了嗎？」再問。死了就是殺人罪，沒死就是傷害罪，刑期差很多，這很重要，對吧？

等等，做這些壞事的時候，我還差一天才滿十八歲，對，還差一天。是不是有某一種《少年法》？可以讓我們逍遙法外？

嗯，至少事情可以不那麼嚴重。王啟皓生日跟我同一天，我們都是六月十二，事情發生時我們都十七歲，我們都可以逃過法律。

「孟姐死了嗎……」我再問……

謝老師說我胡言亂語：「什麼死了……」

「你恨孟淑君恨成這樣喔……這部分老師跟你不好意思，之前看她欺負你，我是感覺說，我如果插手太多，她們會更欺負你，變本加厲。而且你是男生，你應該自己去解決問題。」

嗯，我完全無視謝老師的任何說詞。

只是慶幸，幸好孟姐沒死。只是傷害罪。

醫生檢查完，我緩緩坐起身。全身乏力，腦袋昏聵，感官遲鈍著，看見病床旁有好多張便利貼、一大罐裝滿紙鶴的玻璃瓶。搞什麼？紙條上面寫滿了早日康復。

這麼多人關心我？原來有這麼多人關心著我？

我伸出手，想觸碰同學們寫給我的溫柔……

看到貼滿祝福紙條的背板後方，是山料匆匆忙忙跑了進來。

「醒了嗎！」山料喘著大喊了一聲。

我立刻跟山料說了一聲：「對不起！」

他肯定是要來教訓我的，畢竟我狠狠打了他一巴掌。當然，這對我來說很划算的，我打了好幾下，但他被重置，對他而言，我只打了一次。

山料聽見我說的對不起，突然笑得很開心。為什麼？我狐疑。

謝老師指向這些祝福紙條：「我叫學生們寫的，每個人都有寫祝福你的話。」老師說祝福紙條是同學們寫完以後，許文漢負責張貼整理，接著山料親自送過來的，老師要我珍惜這高中三年的緣分，要我好好感受這些祝福。

於是我仔細端詳著一張張的祝福們……

「**祝**你健康，四腳健全」

「**你**要快快醒來喔」

「**早**日康復，四腳」

「**點**滴在心頭，希望上帝對你溫柔」——楊靜

「**去**了一趟鬼門關，還不快回來？」——孟孟

「**世**界很大，快醒來看一看吧」——許文漢

我一眼就看出來，這些不懷好意的「祝福」便條紙。

祝福被刻意編排成了**詛咒**，我的表情垮了下來……

許文漢張貼的？許文漢是誰？

許文漢就是小暴牙……

但我突然注意到了日期：六月十五。

「六月十五？」我狐疑的說。

謝老師一口流利的台語，對著山料說：「果然寫祝福紙條有用喔，早上同學寫好，畢業典禮結束，中午你送來，他下午就醒了。」

山料說：「對，有用，躺了第四天，突然就醒了。」

畢業典禮？

我頭痛欲裂的問著：「不是……可是……不對……楊靜、孟姐、小暴牙，都有去參加畢業典禮嗎？」

老師說：「除了你，其他人都有參加。」

「小暴牙沒事？燒燙傷這麼快就復原了嗎？他敢帶著臉上香菸燙出的疤痕到學校？楊靜被燒到只剩瀏海，還能悠哉的寫祝福小紙條給我？」各種雜亂的資訊轟炸我的腦子……

謝老師要我安心休養：

「已經畢業了。過去的事情就過去了。」

過去的事情就過去了？我一肚子火。

我真是受不了謝老師的偽善，我就直說了：

「老師，你記得你打過我吧？在全班同學面前，你一巴掌打在我的腦門上。老師，你記得我裸體被綁起來的時候，你縱容拔河隊女生的行為對吧？」

謝老師沉默了很久，看起來是真的有思考過：

「我可能處理方法不當，但重來一次我也會這樣做。」

「我可能太心急，看你拿鉛筆要刺同學，我趕快出手阻止，怕你真的刺下去，你要承擔嚴重後果。所以我急了，才出手直接把你拍下去。另外那次，看你被綁起來，我聽見你叫，我就趕快過去，同學看到我出現就馬上停手了。我也只能這樣，因為我就算插手也沒用，他們出學校還是會想辦法處理你，所以我就沒多做太多，你應該要想到你自己的辦法面對。」

老師的解釋我不認同、不想接受。

但至少我知道，老師不是故意傷害我，也不是想要放任我被傷害。只是他的觀念和處理方式，跟我期望的不同……

正如我不是符合大人期望的那種孩子，

他們也不是符合我期望的大人……

想到這裡，這一切似乎變得很公平，我們沒有要傷害對方的意圖，只是「不符合彼此期待」而已。我不那麼討厭謝老師了。

世界上多得是你討厭的人，而他們存在的理由，是為了提醒你——千萬不要成為像他們那樣的人。

山料為了緩解僵硬的氣氛，拿出今天畢業典禮拍的照片要我感受一下，我才發現，小暴牙的妝容完美，臉蛋完好如初的，手勾著楊靜的手臂，楊靜的秀髮在藍天下飄逸，孟姐在一群黝黑的拔河隊女孩中，照片定格在她雙臂抱胸，昂首，揚起嘴角，她古銅色的皮膚正耀眼動人。

所有人都沒事。

我原以為我燒了人，傷害罪，然後我暈倒被送醫？

所以不對。無限循環不曾發生。

我突然想通了，沒有無限循環，我走進舊圖書館，看見王啟皓被壓死在書櫃下，然後我被孟姐勒昏。所以……其實是孟姐殺我？

我口中呢喃著：

「是孟淑君要殺我，她拿童軍繩勒昏我……」

「王啟皓是他們殺死的！我親眼看到的！」

「快去抓她！」

「快把她們抓起來！」

我拚命喊，拚命尖叫，卻沒有人相信我。

我看著畢業照裡他們在豔陽下燦爛的笑容，
我坐在病床上，不知何故，身體不斷發抖。
我不斷用力啃咬手指，一直啃，一直咬，
我摳著手指，指甲越來越短，指尖逐漸滲血。
以為發抖的是手，後來發現連心臟都在顫抖……
為什麼那些邪惡至極的人們，可以活得這麼快樂呢？

這一刻，我的心告訴我，它再也不想跳了。

第三章／

人間不值得，不值你耗著。

那些選擇與人群保持距離的人
心裡都承受過大大小小的傷痕
直到想與人親近的心
再也熱不起來

因為人心複雜
與其承擔受傷的風險
寧可孤獨一人
簡單就好

我自殺的那位同學叫做小齊。我和他已七年未見。他自殺當天我曾和他碰面，是他時隔七年，突然主動約我見面。

晚上我收到他簡訊，去了他的住處，我也嚇到了，他已經自我了斷，桌上是他寫了幾年才完成的書稿……還留了一封給我的信。

醫院急救完畢，病床上的小齊仍昏迷。

成年以後，同學們逐漸收起青春期的幼稚與中二，但小齊似乎仍然被困在那些年少無知的過往。

小齊成年以後過著怎樣的生活、有怎樣的人際關係？出於好奇，我找到了他的幾位同事……

「他好像活在自己的世界，通常在茶水間或電梯裡遇到，他也不會打招呼，整個人陰鬱，像鬼一樣。問話不答，很沒禮貌。」

「反社會人格嗎？他幾乎不跟同事打交道，事情做完就下班，而且還是全公司在加班的時候，他當著所有人的面，準時下班。」

「他薪水很低，就最低工資而已，從主管那聽來的，不然他早就被炒了。個性喔……比較沒有社會化，常常事不關己的態度。」

「玻璃心。小齊太敏感了，跟他工作真的很累，他無法就事論事，我印象中，只要有跟他不同的意見，相反的立場，他就會崩潰。好像我們要經常護著他的尊嚴，照顧他面子。」

不對。我心想不對。你們只看到小齊在職場上的面向。

我所看見的小齊，是當他發現同學有難，會見義勇為。

我所看到的，是他私底下的面向。我高中時，曾經好奇他為什麼早自習和午休時間都一溜煙消失不見，而跟蹤過他幾次……

我發現，當他看見滿地蝸牛爬行，他會淋著雨，把牠們撿回草叢，就怕牠們在馬路上喪命。他每天固定會買兩瓶黑松沙士，那是一種對人際關係的期待吧？一瓶自用，一瓶分享。

以及，看完他那份書稿，我漸漸理解……

原來一個初心對世界抱有善意的人，心裡溫暖的火光，是這樣被澆熄的。

「你們平常相處也很累吧？」其中一位同事問我。

平常相處？沒有平常相處。

但我沒回答。只是心想，我跟他也七年未見了……

上一次碰面，是十八歲高中畢業時，我陪他去找王啟皓。

說到王啟皓……

小齊書稿寫的並非事實，王啟皓並非如他所說被孟姐殺死。

對，知道真相的人不多，我是其中一個……

謝謝你即使被困在黑暗
卻也默默的活成一道光

你肯定不知道
有人因為你碰巧的照亮
而走出陰霾

那年，從「四腳獸之困局」被解救出來的我，隔天請假一整天，我想著昨晚，隔著淋浴間的門，小齊在門外說的那句話：

「雖然你們欺負我，但我還是見義勇為了。」

那句話的意思，是他知道淋浴間裡的兩雙腳，真實身分是誰。

我原本想用一貫的老方法，幾個拳頭讓小齊閉嘴，把這個祕密封死，要他發誓把祕密帶進棺材。但想了又想，對他，我必須講道義，於是我決定隔日送他禮物致謝。好好賄賂他。

簽名球衣、簽名棒球帽、限量球鞋……我回了趟家，把我最珍貴的寶物挖出來，只為了報答你、補償你，討你開心。

早上七點，宿舍寢室幾乎無人，多數同學都已經去上課。

抵達小齊寢室，他卻還在賴床。

我開玩笑的語氣，對著躺在上鋪賴床的小齊說：

「還不去上課？還睡？救了我就要大牌了啊？」

心想可惡，怎麼偏偏遇到了。我是為了避免尷尬，才特別挑上課時間來寢室偷偷放禮物。沒辦法，只好尷尬的向你說些什麼……

「那天謝謝啦……」我向你道謝。你沒回話。

「我是想來給你謝禮啦……」你發出嗯嗯聲，像是一種賴床聲。

「這是簽名球衣、簽名的棒球帽、這雙限量球鞋我特地幫你弄來的，你試試看尺寸對不對……」你還是嗯嗯聲，不說話。

「然後……然後……謝謝你啦，幸好，你幫我解圍。」

「不然……我可能這輩子都洗不清了……」

「那天我也很無辜，小暴牙突然衝進來抱緊我，我愣了一下，想把他趕出去，結果來不及，外面突然圍了人在起鬨，我想我如果當下開門出去，誤會就大了……結果誤會越來越嚴重，越是不開門，圍觀的人越多，時間拖越久，我越是洗不清……」說完了。

你不講話是怎樣？是在生氣？氣我以前欺負過你？

「我跟你說聲對不起啦，以前弄你，我就看你老是一個人，就找你玩一下。」我道歉。

「啊你是有沒有接受？趕快說一下。」

我催促，推了推賴床的小齊。

奇怪？不太對勁。什麼情況？再推幾下……完蛋了。一一九！

救護車來了，救護員施行急救，說他高燒昏迷。

07:48他們說小齊呼吸中止。進行電擊。

一邊電擊，一邊謝老師打給我。手機鈴聲一直響。

幾天之後，小齊終於醒了。

只是腦子壞了，講了莫名其妙的話，他殺了孟淑君？火燒楊靜？

十班的王啟皓也在？然後又孟淑君要殺他？他整個人很錯亂。

不要相信有個人能承擔你的一切悲傷
他們，只會因為承受太多，而選擇離你而去

病房裡當時剩下我跟小齊。

「你高燒昏迷在學校宿舍，我正好過去找你，才幫你叫救護車。你後來一度呼吸中止，被電擊救了回來，昏迷了三、四天。」

小齊說：「昏迷？所以剛剛是夢？我剛剛好像做了一個很長的夢……夢裡一直循環……跟他們幾個報仇……」

小齊突然大喊：「手機！手機！」他將手機開機，立刻打了一通電話，我聽見電話裡傳出「您撥的號碼是空號，請查明後再撥」。

他慌慌張張想下床，卻在腳踩地的一瞬間癱軟跌落，倒在地上。

我問他怎麼了？他說他要去找王啟皓。我不認識王啟皓，我問：「我幫你叫他過來。他是誰？手機號碼幾號？」

「他的電話不知道怎麼了，變成空號……」小齊說。

「你有其他聯絡方式？他的班級跟座號？」

「三年十班，三十號。」

「即時通light_me_up0612@yahoo.com.tw」

「無名小站：wretch/howhow0612」

「Facebook：HowHow Wang」

我借了一台筆記型電腦，讓小齊登入即時通，王啟皓未上線。

看了無名小站，數日未更新。臉書，同樣未更新。

上一次更新日期，停在小齊昏迷的前一天。

於是我打了電話，給我在三年十班的朋友。

電話接通。我說明情況後。回頭問了小齊：

「確定是三年十班三十號王啟皓對嗎？」

小齊說：「對，就是那個很愛彈吉他的王啟皓。怎麼了？」

我說：「沒事，你確認沒錯就好。」

我告訴小齊：「你等一下，我叫他們找出來。」

我接著臭罵電話裡那位十班的朋友，叫他快去找。威脅他：「才剛畢業就使喚不動了？三小時內把人找過來，不然上大學前，你都會在醫院裡度過。」必須這樣，不然電話裡他們一直推託。

你聽見我強勢的幫著你，才頓時流露出安心的眼神。

哈哈看來你信任我了？這樣祕密總不會說出去了吧？

我接著問：「幹麻這麼急著找王啟皓？」

你說：「我昏迷這麼多天，他一定很擔心我。」

「不對啊，如果擔心，他早就來看你了，你昏迷的事情，全校一千多個同學，幾乎所有人都知道。畢業典禮的時候，校長致詞還特別為你禱告。沒人不曉得吧？」

我說：「我這幾天連睡覺也在你病房裡，除了我跟謝老師之外，沒有其他同學來看你。喔，不對。還有你爸媽各來過一次。」

「爸……媽……？」小齊瞪大眼睛，驚恐又狐疑的表情……

「對，你爸媽。」為什麼聊到你父母，你會是這種表情？

謝老師正好回來，帶著小齊的爸媽一起回來。

你突然大喊著：「你們把王啟皓怎樣了！」你低著頭喊……

「你們把王啟皓怎麼了！」你低著頭再喊！

「你們把王啟皓怎麼了！你們把王啟皓怎麼了！」

你對父母重複喊著這句話，視線盯著父母的下半身。

你不肯抬頭，你低著頭，歇斯底里……

「你們對王啟皓做了什麼？如果你們什麼也沒做，那也一定是因為那天去看阿嬤的時候，你們講他壞話讓他不開心了，才會害我們不歡而散，他才會離開……」

你的爸媽站在原地，語氣冷靜的叫你冷靜。

爸爸是一套紮進褲腰裡的襯衫，肚子差一點從鈕扣後方爆出來。

媽媽是一套及膝窄裙，膚色絲襪和黑色高跟鞋。

你突然原地大叫。

「我受夠你們了！你們總是干涉我，光是小學幫我轉學轉了四次，轉到我都沒朋友了，新環境都還沒適應，就又換去新環境，所以我永遠都很孤單，我永遠都是一個人！你們從頭到尾都討厭我跟王啟皓交朋友，現在一定又是你們在干涉！我恨死你們。」

你大叫：「我這輩子就是要跟王啟皓在一起！」

「王啟皓是男生怎麼了嗎？你們不可能拆散我們。」再大叫。

「啊！啊！啊！」

你原地再次大叫。我原地嚇到。

謝老師悄悄的離開了。

奇怪的是，你父母依然如稍早抵達病房時的冷靜。

你媽說：「再叫囂下去，我要幫你預約精神科門診了。」

你嗆聲：「明明不相愛，還不離婚，明明不愛我，卻干涉我！」

你爸說：「直接帶過去吧，今天我朋友值班，不用預約。」

你看起來憤怒無比，將所有怨懟喊出來：

「我恨你們！就是你們把我生成這樣！才害我沒有朋友！」

鎮靜劑一針。

你睡了好久。

你醒了。醒在一群同校學生的簇擁下。

「怎麼好多人在這裡……」小齊意識含糊的問我。

竊竊私語的聲音，此起彼落。

我咳了一聲。全場安靜。

我手上抱著一本畢業紀念冊。

我清清嗓，委婉的語氣告訴你：

「小齊雖然你昏迷沒參加畢業典禮，但你看，班上同學有記得你，他們把你的照片放進畢業紀念冊了。」

你問我：「我不在乎這個。你旁邊這些人是誰？」

「小齊，你先冷靜一下，你看……」我速速翻頁。翻啊，翻啊，停在「王啟皓他們班」。我說……

「三年十班，三十號，沒有人。」

「三年十班，只有二十九個人。」

當你陷入無盡憂鬱的谷底
怎麼努力也爬不出來時
那些曾試圖鼓勵你的人
也會漸漸累了而疏遠你

終於你
連最初的一丁點曙光
也看不見了

「我們班只有二十九個人，沒有三十號，也沒有王啟皓。」
「對，三年十班沒有王啟皓。」
「對，應該是小齊同學記錯了，他不是我們班的……」
「不是我們班的。」
「不認識……」
「沒聽過。」
病房裡全是十班的學生，每一位都是證人。三年十班沒有王啟皓。二年十班、一年十班，也沒有。沒人聽過這個名字。

——王啟皓不是失蹤？而是從未出現過？

隔日，精神科醫師診斷小齊有妄想跟幻覺。小齊開始服用精神治療的藥物。小齊卻說：「那種醫生，也只是用他所知有限的科學，來為我父母付的錢給出一些交代罷了。我懶得理他。」
接著把藥扔進垃圾桶。

你說要去找王啟皓。我越來越好奇，王啟皓到底是誰？你們在哪裡認識的？他究竟是不是我們學校的學生？他又是去哪裡了？

於是我自告奮勇陪你去找。

一路上，你話變得好多，滔滔不絕說著：

「我很希望現在這一切是夢。然後……」

「我會因為王啟皓拿芒草逗弄了我的鼻子而被鬧醒。」

「發現原來我只是在舊圖書館的大長桌上，睡著了。」

「我會輕輕拍打王啟皓說他幼稚鬼。」

「我會在舊圖書館追著王啟皓打鬧撒嬌。」

「我會終於追到王啟皓而緊緊抱住他。」

「他會被我抓住，接著反過身來也緊緊抱住我。」

「他會雙手緊抱我的頭，將我整個人埋進他的胸口……」

聽起來，王啟皓跟你經歷過一段很愉快的時光。

傍晚，我們抵達舊圖書館，裡面一片整潔，井然有序。你說：「真的是夢。這裡沒被楊靜他們破壞，代表王啟皓沒被殺死。」

我在舊圖書館後門，發現一道上鎖的門，門鎖上，再套上一支金屬大鎖的那種舊門，為什麼這裡有一道門鎖得這麼嚴謹？

我打算把它撬開。

小齊看到我打算將門破壞，立刻前來阻止我。

你說這扇門不能開。我問為什麼？

你說你有你堅持的理由。並解釋，這是儲藏室。

小齊強調這只是一間非常普通的儲藏室。

因為強調「普通」強調得太用力，用力到令人感到可疑。

因為你強烈阻止，所以我暫時打消撬開這扇門的念頭。

不過，我心裡仍然存疑。

直覺是，該不會……門裡藏著王啟皓？或王啟皓的屍體？

所以……是小齊處理的？一切都是小齊自導自演？

我靠近門，聞了一聞……屍臭？並沒有。

除了大門的鐵鏽味之外，沒有其他氣味。門內也毫無聲響。

手電筒從門縫照進查看，有塑料雜物，全是塑膠材質所造成的反光，但門縫太狹小，全是死角看不到，看不清具體是什麼雜物。

我大喊：「欸！王昊齊！讓我看一下啦！」

欸……等等……等等！「王昊齊？」我好像突然想通了什麼……

「王昊齊，王昊齊，王昊齊⋯⋯」

你問我為什麼一直唸你的名字？

「王啟皓，王昊齊。昊齊，啟皓？」

我將名字重複唸幾次之後，我突然笑了。

我好奇一問：「會不會真的沒有這個人？」

「我傾向認為沒有王啟皓這個人，因為我跟蹤過你三次，你一個人待在舊圖書館偷抽菸，一個人淋雨撿蝸牛，一個人燒考卷。」

「你一個人喝黑松沙士，一個人自言自語，我確實有看到。當下以為你在等誰，我沒多心。我說說看一個可能性喔⋯⋯也許你沒在等人，你身邊也沒人，你就是從頭到尾都是自己一個人。」

你聽了突然愣在原地，定格在傍晚的斜陽下……
小齊已經開始啜泣了：「真的沒有王啟皓這個人嗎？」
「真的沒有嗎？」你啜泣得像個小孩子。

「沒有嗎？山料……」小齊問我。
一邊問，一邊擦拭難以抑制的眼淚……
每問一句，你的眼淚就無法抑制的落下……

對這一切毫無頭緒的我，完全不知該如何安慰。
心裡還想著那扇生鏽鐵門後到底被小齊藏了什麼？
還有「昊齊」顛倒著唸，就是「啟皓」。
這一切該不會是你這小子亂掰的吧？
掰得這麼認真，還真哭了？真是不可思議……

我們僵持在日落時分的舊圖書館，黃昏穿透落地窗，將圖書館染成金黃色。安靜的空間裡剩下你的啜泣聲。

夕陽在山的另一端漸漸落下，圖書館從金黃，變成昏黃，後來是橘紅色，洋紅色……我坐在大長桌上，看你也漸漸沒有眼淚了。

我們突然聽到腳步聲……

一步，一步，一步……

你突然整個精神起來：「王啟皓！王啟皓嗎？」

「是王啟皓？王啟皓還在？」你眼睛發亮！開心的說。

腳步聲越來越近，窗外傳來鴉雀叫聲，鴉雀振翅而紛飛……

空氣裡安靜到我們不敢呼吸。屏氣凝視著陰影處……

究竟是誰會走出來？

我多希望是王啟皓。

從書架的陰影裡漸漸浮現的身影……

是謝老師。

謝老師手中拿著一本厚厚的冊子。也是……畢業紀念冊？

天色越來越暗，日落即將抵達山頭。

昏昏暗暗的舊圖書館裡，夕陽還僅存的一丁點餘暉，照在謝老師的臉上，老師面色凝重，一句話也不說，只是安靜的朝我們走來……陰冷無神的謝老師，表情晦暗而可怕。

我直覺不對勁，立刻跳下桌，

伸出手臂，戰鬥姿勢，護在小齊身旁。

老師漸漸靠近，不能再近了，我們退後幾步，我緊張而吞嚥。

謝老師才止步了，靜靜站在我們面前……

一副僵硬的表情，像死了一樣的神情……

日落前的最後一秒……

老師猛然瞪大了雙眼，眼窩像兩顆窟窿，支支吾吾的說了：

「我……記得……王啟皓……是誰。」

夕陽正式完全墜落。山巒覆蓋了整顆夕陽，天色暗了。

舊圖書館裡，此刻僅剩一片漆黑。

有些緣分，我們料想不到

黑暗裡，我開啟手機的手電筒，照在謝老師臉上。

我對謝老師說：「你！說清楚。」

謝老師皺了皺表情，把一本厚厚的畢業紀念冊砸在桌上。

我手電筒的光線裡，照亮了許多揚起的灰塵顆粒。

謝老師伸手在翻頁，口中呢喃「找了好久才找到這本」。

黑暗的空間裡，唯一的亮光，僅存我手中的手電筒燈光。

我們倆目不轉睛，盯著謝老師翻頁的畢業紀念冊，翻啊翻啊……

直到「三年十班」……

……「三十號」

……「王啟皓」

黑白的照片上，是一個平頭的男孩子，單眼皮，看起來跩跩壞壞的。細看，眼角有和小齊一樣，連成三角形的痣。是他嗎？

「是！就是他！」你對我說。

你興奮驚訝的表情難以克制。

我心想，這一切有希望了，多虧謝老師。

我見小齊正欣喜若狂，於是我也燃起了士氣，逼問著謝老師：

「這人躲去哪了？老謝，你說。把你知道的都說出來。」

支支吾吾的謝老師……口中呢喃著難以辨識的詞句，像是咒語？

聽不懂。我著急得想揍人了。揪住謝老師的衣領……

「老子耐心不多喔，給我交代清楚。」

咒語繼續。

黑暗中，呢喃在謝老師口中的咒語，令我們感到頭皮發麻……

我一拳打下去！你是在講殺小幹？講什麼鬼東西？

謝老師倒地。

口中呢喃的句子卻不曾停下！

一直唸，一直唸。

手電筒照在謝老師不斷呢喃的嘴唇，

咒語語速極快！

謝老師龜裂的唇語不斷碎唸，著急到噴出口水……

你拿起我的手機，燈光照在畢業紀念冊上。

這一頁，就是這一頁，你又找到一張王啟皓的照片。

一張他揹著吉他的黑白照片。

照片旁寫著「要成為天使。我們永遠記得你。2000/06/11」

謝老師口中的咒語停了。

老師冷冷的說：「藏傳佛經，幫小孩子超渡。」

是不是
日子再苦
只要找到
一樣痛苦的另一個人
就能好一點？

十年前的畢業紀念冊裡，有兩張王啟皓的照片。一張人頭照，一張他揹著吉他，像是個熱愛音樂的大男孩。王啟皓是資優班，三年十班的三十號。

謝老師說，他在醫院裡聽見小齊講王啟皓，越聽越不對勁。所以他直覺想找出當年的畢業紀念冊來做確認。

老師說十年前他教過王啟皓體育，謝老師對那些一到體育課就躲起來不運動的學生特別有印象。

王啟皓看起來沒什麼朋友，總是一個人躲在樹下，不跟人講話、跟同學沒啥互動。有時候還在體育課帶吉他來，時間久了，老師特別通融他體育課練吉他。

打聽之下，聽說王啟皓很喜歡學音樂，但他進了資優班之後，成績上不來，因此他家人強烈反對他接觸音樂。

後來高中三年級，畢業前，大約是高中升大學的大學聯考，考試前幾日，王啟皓揹著吉他，在舊圖書館自殺了。

好像……正是吊死在我們現在翻畢業紀念冊的這個位置。揹著吉他過世的。

我們渾身起雞皮疙瘩。小齊驚訝得不斷後退，再退，再退，撞到了我，才停下腳步。錯愕，我們無言以對。

安靜的夜裡，開始有了蟲鳴……

寧夏的月光升起，照進圖書館裡……
我們三人互相凝視彼此於月光下的模樣。
老師不發一語。

後來我冷靜的問了你：
「小齊，是這樣子嗎……？」
你也眼神空洞的問了我同一句話：
「是這樣子嗎……？」

嗯……？

是這樣子嗎？

「原來，一直以來，我都孤單一人。」

「每次遇到不順遂的事情，我會獨自窩在舊圖書館裡抽菸。」
「一個人抽菸，還喝黑松沙士，翻閱各種書，包括植物圖鑑。」
「我曾經在某一本法律書上讀到過《妨害祕密罪》相關條文。」

「我獨自窩在這裡，閱讀泰戈爾的文集。」
「我喜歡獨自躲在這裡，不受打擾的寫詞、創作、哼歌。」
「如果被欺負，我會一個人躲在舊圖書館哭。」
「我一個人在後門燒掉這三年的所有考卷跟書。」

我讀著諮商師根據和小齊對話的錄音檔案，打下的逐字稿。
小齊給我的。這份逐字稿裡，每一字一句，全是孤獨。

「某一次偷聽到謝老師跟其他老師在舊圖書館商談如何利用這棟
即將廢棄的場館來牟利，於是我很鄙視他。」

「某一次我接受完心理輔導，偷聽到下一個受輔導的學生孟姐，她跟輔導老師的對話，而得知她跟她爸的祕密。」

「每年六月，雨季。我一定會一個人蹺課，淋著細雨，跑到學校後門的大馬路上撿拾蝸牛，避免牠們被碾死。」

「我有個自說自話的壞習慣。我時常自問自答，和自己說話，再自己回答，有助於我想清楚許多事情。自己給自己答案。」

「我有兩支手機，有時候，我遇到困難，我會傳訊息給另一支手機，想了想，再自己回覆給我自己。」

「昏迷的那幾天，因為另一部手機是預付卡制，沒有提前繳費，就會被停話，因此號碼變成了空號。」

「原來我一直以來，都是自己一個人……

原來我一直以來，都是如此孤單著……」

「還有，因為我討厭人群，所以每當我被困在人多的地方，我會拿起手機，假裝在講電話，其實電話根本沒打出去。我只是想裝忙，假裝講電話，就能迴避人們的眼光。」

「我的電腦裡登入了兩個臉書帳號、兩個即時通帳號、兩個無名小站。一個是我本人，另一個是分身帳號。每當使用分身帳號時，我會換一個語調發文，模擬如同真有其人。」

「每當我使用分身帳號，那種感受，像是我不再是我本人，而能暫時逃避一些降臨在我本人身上的難題，讓我腦子清靜一些。」

「嗯……是這樣子嗎？」

逐字稿裡，你自己問著你自己。

人間孤獨，卻與你一見如故；
一見如故，卻與你人間孤獨。

我讀完逐字稿，問了小齊：「是這樣子嗎？」

「是嗎？」你反問我。你說：「我讀著這篇逐字稿，也在想，這些話是我說的對吧？為什麼連我自己也半信半疑呢？」

你拿起手機，開啟相簿，你說：

「這是我曾經和王啟皓拍的合照，合照裡竟然只有我自己。這種感覺很奇怪。我明明和他度過很快樂的時光……」

後來，幾次的治療。他們說——

王啟皓，就只是小齊因為成長過程太過孤單，

而自己創造出來的「隱形朋友」。

我上網查了心理學權威醫師的文獻：

孤單的小孩，他們會創造「隱形朋友」，來彌補自己長期承受的孤獨感，或當小孩子親身經歷巨大恐懼時，需要人陪伴，卻遍尋

不著陪伴者，就會自創隱形朋友；又或通常是在小孩子犯了巨大而難以承擔的錯誤時，因為過度懼怕，而推出隱形朋友來頂罪。

你說你突然想起許多事：

「小時候，我經常待在空無一人的家，等爸媽回來。偶爾難得一次，一家三口吃飯，那次我走去廚房，多拿一副碗筷擺在桌上，我說：王啟皓也要一起吃飯。爸爸覺得我不吉利，氣到摔碗。」

「比如，每當我在學校被欺負的時候，我會躲去舊圖書館，只要我躲在那裡，就能被王啟皓拍拍頭，安慰我。」

「比如，那天的四腳獸事件，我著急而不知所措，我打電話給王啟皓，所有主意都是他出的，我只是執行他提供的主意。」

「又比如，小時候放火燒掉一整座農舍。那次的驚嚇感實在巨大得令我難以承受。爸爸問是誰放的火？我老實說，是王啟皓。」

「所以媽媽一直反對我跟王啟皓玩在一起。其實是反對我一直瞎掰一個不存在的人，爸媽覺得我的精神狀況一直有問題。」

「那次阿嬤病床前，我拉開布簾，給爸媽看王啟皓，爸媽卻安靜，安靜的面向我和王啟皓的方向，他們都不說話。不說話是啥意思？就是他們看到布簾後沒人，看見我對空氣說話的樣子。」

「爸媽看著我大喊王啟皓、飛奔去追王啟皓，卻只是無言以對，站在原地冷眼看我跑走。其實那個安靜與冷漠，是一種無奈。」

醫師推測，你兒時曾偶然看見王啟皓在畢業紀念冊上的照片，以此為依據進行了想像，而生活孤獨感，加強了你對想像的沉溺。

醫師說：「因為在想像的世界裡，有人呵護你、有人理解你、擁抱你的與眾不同。可以彌補你生活裡承受的傷。」

研究者說，當小孩子認知健全，有真實的社交，自然漸漸收起創造力，把想像力收斂，就不會再堅持「隱形朋友」的存在。

因為他們已學會辨別虛實，大部分的孩子過了童年，隱形朋友自然會消失，但在少數人的腦海裡，這位朋友還會持續存在。

突然小齊像是想通了什麼，立刻站起來，口中碎唸著「不對」：

「不對……不對……如果王啟皓是我想像的，那為什麼那首他作曲我寫詞的歌，會裝在我的腦海裡？」

「我不會作曲啊。」

「我沒有學過作曲、編曲，我沒學過音樂。」

「曲跟詞不一樣，詞也許隨便寫寫都能成形，但曲有專業門檻，我沒有學過，不可能憑空生出一首曲……」

「就是那首我跟王啟皓一起創作的歌……」

願你幡然醒悟 少受點傷
願你心有依歸 不再漂蕩
願你曾經不安的所有 終能安放

願你擁抱所有 心之所向
願你溫柔接納 自己模樣
願你說不出口的那些悲傷 都化成滋養

無人能感同身受
你經歷了怎樣的孤獨
於是用力訴說的你
加倍孤獨

來龍去脈是這樣，我說完了。

我看著二十五歲因自殺而昏迷的小齊，躺在病床上奄奄一息。

我對尚未甦醒的小齊說著，小齊恨透了的那幾位同學的近況……

「楊靜臉書頭貼不是她本人，而是抱小孩合影，當媽媽後她剪掉長髮，只為小孩子而活了。據說她被丈夫毆打，渾身是傷、流產、視力受損，頭髮連著頭皮被扯掉一塊，正在打離婚官司。」

「孟姐生了唐氏症寶寶，孩子七歲了，謠傳是她爸讓她懷孕。我不知真假？但孟姐個性改了很多是真的，看她臉書全是勸人向善的佛學貼文、正能量的文章。這是自我鼓勵？還是一種贖罪？」

「小暴牙過世好幾年了，你知道嗎？後天免疫缺乏症候群，導致全身免疫系統嚴重變弱，而感染各種疾病。渾身病痛的苦撐幾年，然後離世了。據說臨死前，已渾身爛瘡，坑坑洞洞……」

雖然你書稿中，結尾問著：「為什麼最邪惡的人笑得最燦爛？」
但其實，人人都有各自的悲劇要面對。
他們人生與你無關，你要自己好起來，才是最重要的。

我想，如果我當年十八歲時，有繼續陪伴你，
你，是不是就不會走火入魔了呢？
那時你唱著那首歌，不斷堅信那一切不科學的事情。
我被搞到有點煩躁，我將你說的，上網提問：
「沒學過作曲的人，有沒有可能憑空生出一首歌？」

網友給了兩種解釋：
——解釋一、玄學：
王啟皓靈魂降臨，附身於小齊，控制小齊作曲。
——解釋二、科學：
小齊有作曲天賦，腦海裡組織幾個曾聽過的旋律套進這首詞裡。

那年，我把結論貼給小齊之後，我們就沒再聯絡了。

看著病床上依然昏迷的你，我很好奇十八歲之後，至今七年，你怎麼走過來的？於是我拿你手機，再拿起你手指，指紋辨識。

我開始查看你手機裡裝了什麼、腦子裡裝了什麼……

你一樣只有一個臉書好友，就是王啟皓。王啟皓的帳號已經沒再使用了，但小齊的帳號，經常發布「僅限朋友查看」的貼文。

臉書往下滑……

我抵達了七年前。

後來的你，一直是一個人
看不清未來，也回不到過去
還沒準備好，就到了該懂事的年紀

從七年前的臉書貼文開始讀起……

「經過三個月的治療後，我接著上了大學。我的心理醫生突然不幫我看診了，聽說是患上心理疾病，心理醫生心裡生病？呵。」

「上大學之後，一樣沒交到朋友。我經常一個人坐在學校的楓樹下，看著人來人往。一個人過情人節，中秋節，聖誕節。」

「情人節，我換了黑色愛心形狀的手機吊飾。」

「中秋節，今天換了一顆白色的狼牙月吊飾。略作慶祝。」

「聖誕節，換了白色的雪人吊飾。增添儀式感。」

「分組報告？我有組員，只是他們未曾出現。直到上台報告的那天，他們拿了我製作的檔案和文件，上台瞎扯了一番。把我獨自完成的報告，變成他們的功勞。結果後來他們竟然集體生病，沒來期末考，集體被退學了。呵呵恭喜(˶ᵔ◡ᵔ˶)」

「一個人的跨年煙火。喔，煙火也不過如此。睡覺比較實在。」

「一個人吃年夜飯。桌上擺滿吃不完的食物，卻只有一副碗筷。」

「孤單的人，不會叫今天除夕夜，我會說今天是星期一。今天，並不特別，就是每週都會發生的其中一天。」

「要拍畢業照，卻沒人通知我，一直到畢業照都洗出來了，我才知道原來同學們已經拍完了。我後來租了一套學士服，在頂樓自拍了一張。結果相機一直壞，氣死。畢業典禮？我就不去了。」

「一個人租了間小套房，今天一個人搬家。」

「一個人上便利店大夜班，薪水高。重點是客人少，沒人吵。」

「活著真不容易。我心裡壓抑著疲憊和委屈，還得繼續盡力討生活。明明對許多事耿耿於懷，卻只能笑笑說沒事。是不是……世上多數人都是這個狀態？」

「當兵？二十三歲了，就算延畢一年來逃兵，也終究要面對我最厭惡的團體生活。他們為我取了新綽號，叫做肥皂……」

「呃……蚊帳和棉被，無法隔絕整屋子的打呼聲，好痛苦……」

「軍中懇親會，規定你的親屬到場後，簽名，你就能開始放假。每個人都有人接，而我在座位上，等所有人都被接走後，傍晚獨自安靜離開。」

「退伍了。我聽人們說，**退伍，正像是從地獄回到了人世間**，人們喜悅的搭上火車離開營區，出了車站，家人們迎接、擁抱。但我心想……**人世間跟地獄，有什麼差別？**」

「第一份工作。又要跟一群莫名其妙的人打交道。請問世上有沒有一種不用跟任何人接觸的工作？」

「重複著上班，下班。沒有很快樂，也沒有不快樂。感覺生活不該這樣，卻又只能這樣。總是一忙起來呢，感覺什麼都不缺，直到閒下來了，才發現日子空空，什麼都沒有。」

「經常有那麼一刻，我的心告訴我，它再也不想跳了。」

「我得先賺錢活下去，活到把跟王啟皓約定的書寫完為止。」

「後來的我，一直是一個人。我看不清未來，也回不到過去。好像還沒準備好，就走到了該懂事的年紀……」

「熬夜寫著我和王啟皓的故事，都早上了，看著窗外的晨光，好像只有在回憶王啟皓的時候，心裡會燦爛一些。」

「這份書稿，是支撐我繼續呼吸的唯一理由……」

「為了慶祝書稿寫完，我第一次走進吃到飽火鍋店。已經挑了最冷門的時段，但一個人坐在四人座，還是略顯尷尬……」

「把書稿寄給好多間出版社，幾個月了，沒人回信。」

「黃山料好像變得很有名，我應該要叫他幫我把這本書出版。」

「人間不值得，我不想耗了。」

看完了。

所有貼文都是僅限朋友查看，因此無人查看。

每一篇，都是他自己，給自己按了讚。

「人間不值得
我不想耗了」

一邊讀著小齊的臉書，我搭上前往母校的老舊公車，車身緩速行駛，在午後斜陽下晃啊晃。你知道吧？我要去那裡。

有一道當年我心裡的未解之謎。

老舊的圖書館已被塵封，厚重灰塵，在金碧輝煌的午後陽光下被我的腳步揚起。一步一步，我走回過去……

我走到那鎖起來的大鐵門。上方的銅製大鎖也已生鏽。儲藏間的那扇門後，到底被小齊藏了什麼？

小齊當年打死不肯讓我看的，到底是什麼？

我背對著夕陽，花了一番力氣終於撬開……

鎖匙毫髮無損，但鐵門被我踹壞了。打開了。

眼前所見……

卻是令我瞠目結舌……

我面色驚恐……

我立刻後悔了，

當我見到這一切的時刻……

堆砌成金字塔般的飲料瓶，堆到比人還高的飲料瓶，那年往門縫

裡照手電筒，看見的塑料反光，正是這數千瓶的黑松沙士……

三年來，小齊每天買兩瓶，總計將近兩千瓶的黑松沙士……

一半是喝光的，另一半是全新未開封的。

它們被整齊堆疊在儲藏間，如一座大型裝置藝術品……

巨大的孤獨呈現眼前。
我震撼無比，而愣在原地。坐下，哭笑不得。

日落。
我笑著笑著，突然覺得鼻酸。

一瓶你獨自喝完，另一瓶你從未開封。
原來這座藝術品，正是孤獨的總合……
孤獨被視覺化後的模樣。

那瓶象徵「分享欲」的黑松沙士，
從始至終，你無人共享，不曾給出去。

你這一輩子，
不曾有人，陪伴過你的孤獨。

……

搭上夜間的末班車，回到醫院。

我歸還小齊手機，對著昏迷的他坦白我今天看了他的祕密。

我說著說著……看見小齊的手指有了動靜……

醒了？

小齊醒了。

蒼白的臉，奄奄一息。

他無視我的存在，並努力看著沒有人的方向……

他看著空無一人的方向，漸漸揚起嘴角，在笑。

聲音憔悴、含糊的說了一句……

「找到你了，好久不見。」

終章

我也揮霍　所有運氣，
只為　遇見你。

人可能不認識人，但靈魂認識靈魂

小齊，你相信嗎？我們上輩子就認識了。

你不記得了吧？我也不記得了。

但是第一眼看見你，我就什麼都感覺到了，你是我在等的人。

人離世以後，留下的，是什麼呢？

離世以後，我不知該去哪，於是徘徊在我過世的舊圖書館，一天又一天，一年又一年，人們看不見我，但我卻看著人們如常生活。直到某天，有一個小男孩笑著向我揮手。

「找到你了！」那年，你這樣對我說。

十年前的圖書館，小齊你手上拿著阿嬤買的兩支冰。你留了一支給我。阿嬤問你為什麼把冰放在地上？你說給王啟皓。阿嬤問王啟皓是誰？你說是你的朋友。

沒有人看得見我，只有你看見了我。我撿起地上那沾滿灰塵沙子的冰棒，傻傻的對著你離去的背影，笑了起來。

小時候，你被帶去收驚；長大後，被帶去看醫生。我都陪著你。你是孤獨到有病的人。我也是。醫生說你憂鬱症之外，還會妄想和產生幻覺。我又何嘗不是精神病？否則就不會自殺了。但還不錯吧？至少我們同病相憐。

任何事，只要是與你一起的，都是好事。

我曾經告訴你，我已經過世了。只有你看得見我。
你究竟是不相信？還是「故意不相信」？
是你的精神病讓你不相信我？還是你不願意相信？

不論你真正的想法是什麼，不重要了；
我只想成為你的守護靈，守護著你。

我說我們有一樣的痣，是上輩子的約定。
不是胡說，是真的。

「第一眼，一見到你，我就莫名的掉下眼淚。」
「全世界只有你能看見我。」
「我們一樣的孤獨，不知為何而活。」
「在遇見彼此以前，生命是如此空蕩。」

你相信輪迴嗎？你相信上輩子嗎？
打從第一次見到你的那一眼，我就知道是你了。
打從初見，我就知道，我們上輩子肯定有過約定。

就在那一眼瞬間，我的腦海閃過許多畫面，那些畫面像是穿透了時空，看見未來的我們擁抱在一起、我們嬉笑打鬧的模樣。

上輩子，我在你懷裡漸漸失去氣息。

我說我答應你，我會等到你，你說你會找到我。我們約定好。

在這一世見到你的那一眼瞬間，我的前世意識被喚醒，我莫名的落下眼淚。想起我們約好，這輩子要相遇，要抓緊彼此。

可是這輩子，我們錯過了。因為我提早結束了生命。

我還來不及等到你，就把生命結束了，是我的錯……

我完全忘了上輩子曾跟你約定好要再次相遇。

難怪此生，日復一日，日子總是空蕩蕩，

日子空蕩，是我們尚未遇見那誓言相伴餘生之人。

原來是少了你，原來，我一直在等你……

遇見你以後，我才突然明白，
這輩子，我只等待著一個人，那就是你。

翻山越嶺，命運兜兜轉轉，
茫茫人海，我們終將相遇。

你懂吧，世上會有那麼一個人，他穿越人海，途經漫長等待，終將與你相遇，第一眼，你們認出彼此。

在遇見你以前，我的生命空虛到毫無意義，我選擇離開人間，卻在過世以後，遇見了你。那第一眼，我突然有個感覺……

所謂一見鍾情，就是——

人可能不認識人，但靈魂認識靈魂，
我不認識你了，但我的靈魂依然記得你。

不論此生，你是男是女，我愛的是你的靈魂。
不論你是誰，不論你什麼模樣、什麼聲音，
你有的樣子，都是我喜歡的樣子。

靈魂記得。
記得你害怕孤獨，記得你說會找到我，記得我承諾要等著你，
記得我們說好的，生生世世要擁抱彼此。

因為你，成了我眷戀人間的唯一理由。
我想守護你。

人間孤獨
有你便足

你啊，小齊，是一個傻瓜。跟我一樣完全不擅長人際關係。我們是兩個獨來獨往的人，真是天作之合。我常常覺得，能懂我的人，世上只有你一個，因為我們有一樣的生命體驗。

我們都一樣，在人群裡，孤單感會加倍強烈。我們都一樣，總是不被理解、總被誤解，想親近世界，卻被無情推開。

我們都不曉得何謂活著的意義。

總想著，每晚睡著後，若能這樣一覺不醒，該有多好？

想著悄悄的，離開這冰冷寒心，而令我們毫無眷戀的人間。

因為不知為何要前進，而想放棄世間一切。

畢竟這裡，沒有任何事情，值得留戀。

孤獨的日子難熬，直到遇見你，才開始展開希望。

真有那麼一個人，我第一眼就知道，
只要能和你在一起，其他什麼，都不重要了。

所以那年，我們約好了，未來的每一世，
即使我們不再記得彼此，靈魂也要認識靈魂。

那年，你撒嬌著對我大喊：「不只這輩子。下下下下輩子，我都會找到你，纏著你，不讓你離開我我我我我！」你真的好可愛。

歡迎一直纏著我，因為……

人間孤獨，有你，便足。

浩瀚世間，茫茫人海，你是一個人
但你，卻也是另一個人的全世界

我們共同經歷了一趟無限循環的冒險。你的靈魂，和我的靈魂，
一起循環在虛擬的夢境中。真的很有意思，我們一起懲罰了那些
為你孤獨青春刻下更多傷疤的人們。

在夢裡，實現了我們自創的火焰魔法咒語，
在夢裡，同心協力幹掉三大魔王，
如果可以，還想繼續和你展開更多冒險。

可是夢醒了，你的人生繼續前進，卻再也看不見我了。
你跟多數人一樣，在成年以後失去了看見隱形朋友的能力。
我早就知道這天會發生，但看你這麼難受，我也很難受。

你的幻想被同學們戳破了，他們告訴你我不是三年十班三十號。
我並沒有刻意隱瞞你，我都說過了，只是心裡生病的你不相信。
直到謝老師拿出畢業紀念冊，你也依然不信。

你四處尋找我，你卻不知道，我一直在你身邊。
我答應過你的，我會一直在你身邊，
即使你再也看不見我了，我也會繼續守護著你。
命運暴雨狂風，世間槍林彈雨，我會陪著你。

我眷戀人間，只為守護你。

陪你經歷心理治療，那個醫生開給你的藥是什麼？我幫你試吃看看。你可別亂吃，那醫生只是收你爸的錢隨便給個交代啊！氣死我了，庸醫。看我怎麼詛咒他。

三個月後，你結束了治療，上了大學。完蛋了，這是一個比高中還要更孤獨的地方啊！你老是坐在楓樹下，獨自看著人來人往，這大大的學校裡，竟然找不到一個能和你多聊兩句的朋友。

你好孤單。

情人節，你將手機吊飾換成了黑色的愛心。你真的很需要儀式感呢，下輩子我們一定要一起過情人節啊，我要記起來，下輩子你就不會傷心了。我正抱著你，祝你情人節快樂，你有感覺到嗎？欸，你別哭啊，我在這！我在這！看得見我嗎？

中秋節，你依然獨自坐在楓樹下，看著人來人往。聖誕節，台北好冷，楓葉都落光了，你依然坐在這裡。我默默筆記：小齊喜歡白色狼牙月吊飾。筆記：小齊喜歡白色雪人吊飾。

你獨自一人，我便和你肩並肩坐著，希望你能不孤單一點。

我走後，每次逢年過節，都是對你的酷刑；
因為你再也找不到，你想一起過節慶的人了。

跨年。我對你大喊「新年快樂」，我像情人們在跨年後相擁那般，緊抱你。你卻像平常一樣毫無感覺，只賭氣說煙火不好看。

年夜飯。你買了好多便利商店的食物，擺滿整張桌子，你吃不完吧？沒關係，吃不完的都給我，我會把它們吃光。

筷子呢？你怎麼只擺一副筷子啦。

對了，下輩子我來做飯給你吃。筆記本寫起來。

「天啊，那些跟你同一組的大學同學也太奸詐了。收割你熬夜做的簡報，當作自己功勞？你放心，我會想辦法懲罰他們，詛咒他們卡到陰發燒錯過考試期末考零分！！！」

新聞：「大學生畢旅夜遊，車輛翻覆山谷，幸無人傷亡」

「欸欸你有沒有看到，新聞，快看新聞。那些沒約你去拍畢業照的同學，他們畢業旅行的時候出車禍了。是我弄的，是我弄的，你有看到嗎？看了會不會開心一點？還是處罰得不夠重？」

你穿學士服，一個人在頂樓，其實你不是一個人，我在旁邊啊。每張照片裡，都有我搶鏡頭，可惡，相機太爛了，無法把我拍進去。我氣到把相機搞壞。

「你這麼瘦怎能一個人搬家？搬家公司呢？床的位置不要擺窗邊啦，著涼怎麼辦？」我在一旁囉哩叭嗦，你卻一句也聽不到。

便利商店大夜班的你，其實一點也不孤單，因為我也陪著你上班。可惜只有一份薪水，不然我們像這樣分頭去賺，很快就能存夠錢，存到買一個家的資金了？對嗎？

可惡又低俗的一群男生。幫你取這種難聽的綽號，他們死定了。
新聞「新兵訓練十八名役男疑似集體食物中毒，衛生局調查中」

蚊帳裡，好擠的軍用小床，卻能剛剛好容下我們兩個。
擠啊擠，蹭啊蹭，抱著你睡覺的感覺真好。
「不要再孤單了，安心的睡覺吧，我在，我在，我一直都在。」

懇親會的規定好爛，為什麼沒人來接送的人，就要等到最後才能走？歧視我們啊？我明明第一個到，為什麼小齊不能先走？
你，什麼長官，去旁邊發燒拉肚子吧。

小齊，你不孤單，我一直在你身旁。

恭喜退伍啦！我在車站迎接你，擁抱你，耶！

恭喜小齊找到新工作。你也不用感到意外，公司裡那些沒心肝講你壞話的同事，他們經常請病假，都是我弄的。哈哈哈。

你記得高中時，那三大魔王嗎？他們三個都被我詛咒了，各自得到應得的報應了。你知道了嗎？你開不開心呢？小齊，我好想真的抱抱你，告訴你，不要孤單了，我一直陪著你呢……

我想擦乾你傷心的眼淚；

漫漫長路，我無聲的關心，不曾缺席。

下輩子的約定

我想啊，我會守護著你，永遠不會變。
可是你像我選擇離世一樣，你也結束了生命。

只有我理解你那無人理解的孤獨，
人間不值得，你一刻也不願多留了。

像我們這種不被理解的人，活著就是一件最悲傷的事。

幸好，唯有你，還能照亮我，唯有我，還能讓你開心，
我們之間，是為了成全彼此而生的啊。
除了你，全世界我都可以放棄。

我們是生命共同體，從很早以前，我們之間就只剩下彼此，
如果我失去了你，你再也找不到我，生命也就失去了意義……

我們才是真正的一家人，我們曾經約定好，下輩子，下下輩子，每一次輪迴，你都要找到我，我都要等著你。

這輩子，從相遇就注定來不及；
下輩子，請讓我奉陪到底。

病床上，你睡了好幾天，我一直守在你身邊，不曾離開過。
後來你醒了，你對著我說：「**找到你了，好久不見。**」

我淚如雨下。

「**等到你了。**」我說。

下輩子，我們早點相遇。
下輩子，我們不要再錯過了。

下輩子，我再許你一生，你亦滿眼是我。
下輩子，我不會再讓你孤單了……

「你願不願意，下輩子，
讓我陪你，喝你的另一瓶黑松沙士呢？」

……

:

……

……

……

「不論命運將我們幾次分離，我會 找到你。」

謝謝你們讀完這本書，我是黃山料。

很多年以後，我忙於事業、忙於自己的感情，而忘了那份小齊的書稿，淡忘了小齊這個人。直到某天，我回到家鄉，路過曾就讀的小學，聽到了一串熟悉的語彙……

「爆裂之火焰・炫・阿特雷萌・六芒星！」一個小女孩大喊著。一直喊，一直喊。重複喊著這串咒語。旁邊有另一位小男孩，拿著玩具餐具和雜草，叫女孩趕快生火：「沒火怎麼做菜給妳吃？」

我走向前，看見小女孩書包上，掛著三個吊飾——白色雪人、白色狼牙月、黑色愛心。

男孩和女孩，眼角上，各有三顆連成三角形的痣。

你們找到彼此了，對吧？

謹以此書，紀念小齊。

後記

寫給每一個，孤獨的靈魂——

總有那麼一刻，你失望透了，厭倦了、累了，
深感人間不值得你耗著……

可是，孤單到放棄了也無所謂的日子裡，
一定有那一個人，你們約定好了，這輩子要相遇，
只是你們想不起來了。

可千萬不要放棄。
繼續等著，繼續尋找，那個人，也正在尋找你……

那個即使花光運氣，也想遇見的人啊，
當你們相遇，茫茫人海，那一眼瞬間，你們，會認出彼此。
屆時，一切孤單的過去，都將值得。

人間孤獨，有你，便足。

最後，想謝謝每一位在 Instagram 上，陪伴我的讀者，
在 iam_3636 這個帳號裡，和你們的日常互動，我都非常珍惜。
因為有你們，才讓我孤獨的日子，擁有許多溫暖。
我們下一本小說再見吧！

一見如故
卻與你
人間抗擺

大人的角度很科學，認為王啟皓和小齊未曾相聚，各自孤獨；
我卻堅信緣分的玄學——他們，找到了彼此。

於是書名產生了兩種解讀，
1. 從右到左——一見如故，卻與你人間孤獨。
2. 從左到右——人間孤獨，卻與你一見如故。

那麼，你說呢？

國家圖書館出版品預行編目資料

人間孤獨 卻與你一見如故：一見如故 卻與你人間孤獨 / 黃山料、王昊齊著. -- 臺北市：三采文化股份有限公司, 2023.06
面； 公分. -- (愛寫；58)
ISBN 978-626-358-045-9(平裝)

863.57 112002348

◎封面圖片提供：
owen ekstrom/EyeEm - stock.adobe.com

※ 書中部分文字，刻意使用符合時下流行語或網路用語等非正式用字，在此特別說明。

※ 珍惜生命，若您需要協助，可撥打：
安心專線：1925 ｜生命線專線：1995
張老師專線：1980 ｜反霸凌專線：1953

suncolor 三采文化集團

愛寫 58

人間孤獨 卻與你一見如故
一見如故 卻與你人間孤獨

作者｜黃山料、王昊齊　視覺指導、封面題字｜黃山料
編輯一部 總編輯｜郭玫禎　主編｜鄭雅芳
美術主編｜藍秀婷　封面設計｜高郁雯　版型設計｜方曉君
專案協理｜張育珊　行銷副理｜周傳雅
內頁排版｜陳佩君　校對｜周貝桂

發行人｜張輝明　總編輯長｜曾雅青　發行所｜三采文化股份有限公司
地址｜台北市內湖區瑞光路 513 巷 33 號 8 樓
傳訊｜TEL:8797-1234　FAX:8797-1688　網址｜www.suncolor.com.tw
郵政劃撥｜帳號：14319060　戶名：三采文化股份有限公司
本版發行｜2023 年 6 月 2 日　定價｜NT$420